YVES NAVARRE

Le Cœur qui cogne

ROMAN

FLAMMARION

LE CŒUR QUI COGNE

Yves Navarre est né en 1940 en Gascogne. Très jeune, il écrit des romans, des pièces de théâtre, des poèmes. Il fait ce qu'il appelle « son apprentissage ». Pour gagner sa vie, « autre école d'écriture », il est concepteur-rédacteur de publicité. En 1971, il publie enfin son « N-ième » roman : Lady Black, *puis en 1972* Evolène *et en 1973* Les Loukoums. *C'est ce roman qui le fera connaître du grand public. Depuis, il a publié* Le Cœur qui cogne, Killer, Niagarak *et, plus récemment,* Le Petit Galopin de nos corps, Kurwenal ou la part des êtres, Je vis où je m'attache, Portrait de Julien devant la fenêtre *et* Le Temps voulu. *Auteur de théâtre, ses pièces* Il pleut, si on tuait papa-maman, Histoire d'amour, Freaks Society, La Guerre des piscines, Les Dernières Clientes, *composent une œuvre tout aussi originale que ses romans.*

Douze ans après la mort du fils aîné, parents, enfants et petits-enfants Dauzan se retrouvent au Rivier, la maison familiale qui fut le théâtre de leur bonheur... avant. Au jeu des tendresses que chacun veut croire possibles encore, tous se heurtent, s'évitent, se rejoignent avec tant d'espoir mais aussi tant de maladresse que, parfois, le cœur cogne à faire très mal. La famille Dauzan, comme toutes les familles, sait trop bien se déchirer pour retrouver sans problème les gestes et les paroles qui rapprochent.
Ce huis clos acide, ce drame qui n'éclate pas parce que les acteurs le connaissent trop, dure le temps d'un week-end. Il ne condamne personne, pas même une bourgeoisie qui est aussi celle des sentiments, qui se survit dans ses attitudes, stoppe tout élan, comme ça, par principe ou fatalité. Mais les Dauzan et nous tous, chacun pour soi, attendons les preuves de tendresse que nous ne savons pas, ou plus — ou pas encore ? donner aux autres.

ŒUVRES D'YVES NAVARRE

Dans Le Livre de Poche :

LES LOUKOUMS.
LE PETIT GALOPIN DE NOS CORPS.
KURWENAL.
LE TEMPS VOULU.
LE JARDIN D'ACCLIMATATION.

Pour Paul Otchakovsky-Laurens.

...
Attention ! l'ombre des grands voiliers passe sur les dahlias des forêts sous-marines ;
Et je suis un moment à l'ombre des baleines qui s'en vont vers le pôle !

...
Allez d'abord à ceux qui vont s'évanouir ;
Ils ont l'air de célébrer une fête nuptiale dans une cave ;
Ils ont l'air d'entrer à midi dans une aventure éclairée de lampes au fond d'un souterrain ;
Ils traversent, en cortège de fête, un paysage semblable à une enfance d'orphelin.

« *Serres chaudes* », de Maurice Maeterlinck.

1

« Mais oui, pour toi je ne suis qu'un étranger. Mais c'est bien pour cela que tu m'as choisi. N'est-ce pas ? — Oui. — Souris, veux-tu, quand tu me dis oui. Mieux que ça. Voilà. Comme ça. C'est parfait. — Non, c'est ridicule. »

Pierre relève les draps, couvre le corps de Sarah. Le matelas est posé à même le sol. Pierre se laisse glisser, puis rouler sur le tapis limé, poussiéreux. Il rit. Sarah, le visage calé entre les deux oreillers, ne sourit plus. Elle regarde Pierre, nu, imberbe. Elle essaie de se souvenir pourquoi un instant auparavant elle a accusé Pierre d'être insaisissable, étrange, étranger. Pourquoi aussi a-t-elle accepté de sourire comme ça, sur commande, mieux que ça ? Pour faire plaisir à Pierre, sans doute. Et pour se faire plaisir aussi. Qui donc des deux vole l'autre ? Et depuis si longtemps déjà ! Huit ans, neuf ans ? Le jour du premier anniversaire de leur rencontre, Pierre lui avait offert un carton de pelotes de laines multicolores et des

aiguilles à tricoter. « Je veux que tu me fasses un pull-over ridicule que je ne quitterai jamais. » Ridicule.
Depuis, chaque année, ils se contentaient de dire : « Tu sais, ça fait... — Oui, je sais, ça fait. » Et ces soirs-là, ils se couchaient un peu plus tôt que d'habitude. Pierre veillait toujours à ce que Sarah ne prenne pas froid en dormant. Et les années passaient. Sarah ne savait rien de Pierre, et Pierre croyait tout savoir de Sarah. Parfois, ils en parlaient. Mais juste un peu, un tout petit peu. Quelques mots échangés timidement comme des adolescents qui ont peur de leurs aveux.

Un soir, en rentrant dans leur chambre, Pierre était allé directement vers le lavabo. Là, il retire sa montre et la tenant à bout de bras, dans sa main gauche, au-dessus de la tête, il se met à rire. « Mais qu'est-ce qui te prend ? » Pierre laisse tomber la montre dans le lavabo. Puis il la remet à son poignet, s'approche de Sarah et lui dit : « Regarde, ça s'appelle désormais l'heure fixe. Je ne quitterai cette montre que lorsque tu me quitteras. » Il prend alors Sarah dans ses bras et la dévêt. « Et ce n'est pas un chantage. Ou alors, tout ce que je fais et tout ce que je dis est chantage. Entre toi et moi, c'est l'heure fixe depuis des mois et des mois. Je porterai cette montre tant que cela durera. »

Et cela durait. « C'est drôle, murmure Pierre, tes chaussures, vues d'en bas, et mes chaussures, vues d'en bas. Elles forment un couple, elles aussi. Elles se reposent côte à côte, elles aussi. » Pierre se lève, ouvre la fenêtre. Un bruit de voitures monte de la rue. Boulevard de ceinture. Sixième étage. « Il fait soleil. Je crois même entendre des oiseaux. Tu les entends ? » Mars. Samedi matin. « Il faut que je me dépêche. On me livre la voiture devant la porte à neuf heures. » Instinctivement, Pierre regarde sa montre. Sourit. « J'ai encore une demi-heure. » Il se retourne, nu, assis sur le rebord de la fenêtre. « Je n'ai jamais été aussi ponctuel que depuis que je vis avec toi. » Sarah pense qu'elle aime un enfant et qu'elle n'est qu'une enfant. « Un jeu d'enfants. — Pardon ? » Sarah s'assoit, cale les oreillers dans son dos. « Je disais que tout, entre nous, n'était qu'un jeu d'enfants. » Pierre cache son sexe dans ses mains. « Ne dis pas ça, je me sens indécent. » Sarah tend les bras. « Viens. » Pierre hausse les épaules gentiment. « Non, je ne viendrai pas. — Viens, ne sois pas bête. — C'est celui qui dit qui est. — C'est celui qui dit qui est, qui est ! » Sarah et Pierre pouffent de rire. Pierre se jette sur le matelas, arrache les draps. Il caresse Sarah du bout du doigt, de bas en haut, de haut en bas. « Tu me chatouilles. — Tu aimes ça. — Ferme la fenêtre, j'ai froid. — Attends, j'ai une histoire à te raconter, et il faut justement que la fenêtre reste ouverte. » Pierre s'allonge sur le dos. Sarah se fait une place contre lui.

« Nous avions un chien, dit Pierre — Qui, nous ? — Je t'expliquerai. Nous avions un chien. Et nous l'appelions Chien, Dog, Toutou, Truc, Bonjour. Chaque jour, nous lui inventions un nom. C'était un bâtard. Il n'avait pas besoin de nom. Nous lui parlions du regard. Il comprenait tout. Jacques l'avait trouvé dans la rue. — Qui est Jacques ? — Laisse-moi te raconter mon histoire. Je t'expliquerai après. Demain soir. Veux-tu ? En fait, évidemment, lorsque je te dis veux-tu, je ne te laisse pas le choix. » Silence. Pierre sourit. Sarah se retourne, pose sa tête sur le ventre de Pierre, les pieds calés sur le mur. « Continue, Pierre, je t'écoute. »

« Nous habitions en banlieue. Un studio pas cher. Dans une maison délabrée. Au rez-de-chaussée. Sur jardin. Jacques terminait ses études d'ingénieur. Moi, j'étais en philo. J'avais quatre ans de moins que lui. On se retrouvait le soir. On s'entendait bien. C'était plus qu'un copain. Plus qu'un frère. C'était mon grand frère. Tu vois, je te l'ai dit. Je ne peux rien te cacher. Et pourtant, je te l'ai caché si longtemps ! Même plus la peine d'attendre dimanche soir. Tu en apprends, des choses, aujourd'hui. Oui, j'avais un frère aîné. Et il s'appelait Jacques. Et j'avais un chien. Et je serais bien embarrassé de te dire son nom. Il en avait trop. » Pierre caresse le visage de Sarah. Sarah ferme les yeux.

« C'est ça. C'est mieux comme ça. Tu vas pouvoir tout voir. Imaginer. Chaque soir, quand je rentrais dans notre piaule, j'ouvrais la fenêtre, et le chien d'un bond sautait dans le jardin. C'était la récompense de sa journée d'attente. Il allait dans son parc, son royaume. Il ne pissait jamais au même endroit. Il coursait les chats du quartier qui s'aventuraient chez lui, là, trois marronniers, un acacia, un hangar délabré qui servait de remise à nos bicyclettes et cette terre foulée, dure comme de la pierre, que le chien parfois grattait comme un fou, fouinant, haletant, comme s'il avait voulu creuser une galerie pour s'échapper. Il revenait la gueule noire. Je le lavais. Ça l'énervait. Il grognait. Mais c'était un jeu. Un jeu d'enfants, comme nous deux. Non, Sarah, n'ouvre pas les yeux. »

« Parfois même, il me mordait. Et d'un bond, il revenait dans le jardin. Et puis Jacques rentrait. On dînait. Alors, le chien rentrait et partageait notre repas. Il n'a jamais eu d'écuelle. Il dormait avec nous, entre nous. Tout nu. Comme nous. C'est tout. — C'est tout ? »

« Quand Jacques ramenait une fille, j'allais dormir dans le hangar. Avec le chien. Dans un sac de couchage. Et inversement. Nous marquions ces nuits d'une croix. Sur le mur. Près de la fenêtre. Nous avions chacun droit à cinq nuits par mois. Jacques trichait. Il gommait les croix. Ça l'amusait. Moi aussi. Nos parents ne comprenaient pas pourquoi nous vivions là, sur un grabat. Comme ici. — Tes parents ? »

Pierre caresse les longs cheveux bruns et lisses de Sarah. L'oreille plaquée contre le ventre de Pierre, Sarah écoute battre un cœur à un rythme différent du rythme de son cœur. Contretemps, dissonance, Sarah se dit qu'entre Pierre et elle il ne peut y avoir d'accord que par désaccords, de parfaite connaissance que par ignorance quasiment totale et de l'un, et de l'autre. Et pourtant, Sarah trouve très exactement sa place dans les bras de Pierre, et Pierre trouve très exactement sa place dans les bras de Sarah. Ce sont des choses qui ne s'expliquent pas. Aussi, Sarah regrette-t-elle de poser tant de questions. « Parle, je ne dirai plus rien. — Je ne t'ai rien caché, tu sais. J'avais un frère, eh bien oui, j'avais un frère. Et nous avions un chien. Quoi de plus banal ? Et des parents, comme tout le monde. C'est drôle, toi et moi, nous n'avons pas fait ce que tous les autres couples font. Nous ne nous sommes pas tout dit tout de suite. Nous avons peut-être oublié. Ou bien, nous n'en sommes jamais arrivés là. Ou si parfois je t'ai fait des confidences, ou si parfois, toi, Sarah, tu m'as fait des confidences, nous les avons oubliées. C'est comme la montre. Tout s'est arrêté. Ou bien, il vaut mieux tout arrêter. Je dis n'importe quoi. Je crois que j'ai un petit peu peur de ce qui va se passer aujourd'hui, ce soir, demain. Quelque chose comme une frayeur. Et cette fois, il faut que je t'en parle. Jacques, aujourd'hui, aurait trente-quatre ans. Et me voilà à te parler de « couple ». Je n'aime pas ce mot-là. Il désunit. Et me voilà à te parler du chien... »

Sarah frissonne. Pierre la prend par les épaules, la tire contre lui, puis se renverse contre elle. « Ne bouge pas, ouvre les yeux, je te regarde. Ecarte-toi. Ecoute-moi. Voilà. » Du bout des doigts, Pierre caresse les tempes de Sarah, puis les joues, puis les commissures des lèvres. Samedi matin. 8 h 40. L'école communale de la rue Jean-Jaurès est fermée pour une semaine. Ce sont les vacances de Mardi-Gras. Les élèves de Pierre sont rentrés chez eux. Pour huit jours. Huit jours de papa-maman. D'oncle, de tante ou de grand-mère. Huit jours à ne rien faire. Et Pierre se sent un peu coupable d'abandon. Ce sont ses enfants, qui sont partis pour où, et avec qui ? Tous les enfants qu'il pourrait avoir de tant et tant de Sarah ! Chaque année, trente, trente-cinq petits garçons et petites filles, jamais les mêmes. Chaque année, une famille renouvelée. On ne peut aimer, aider, que les enfants des autres, n'est-ce pas ? Et parfois, Pierre regarde sa classe et se dit que ce sont là aussi les enfants de Jacques. Et par orgueil il se dit qu'une année passée avec lui, pour ces gosses, c'est toujours ça de pris sur ce qui les attend. Mardi-Gras. Vacances scolaires. Sarah a demandé au rédacteur en chef de son journal huit jours de congé. Elle rejoindra Pierre dimanche soir à dix-sept heures. Elle l'attendra comme convenu à la sortie de la gare de Vernon. Ils iront en Bretagne. Ils profiteront de la voiture de location que M. Dauzan, le père de Pierre, met à leur disposition. Mais ce détail-là, aussi, est inconnu de Sarah.

Pierre a expliqué laconiquement « Nous aurons une voiture de location. — Mais tu es fou, ça coûte cher. — T'en fais pas... »

« Tu te demandes à quoi je pense ? Tu veux savoir la fin de mon histoire ? Mais comme toute fin, ce n'est qu'un début. Chaque fois que je te vois, j'ai l'impression de te rencontrer pour la première fois. Non, je m'exprime mal. C'est pire. Pire et meilleur encore. Chaque fois que je te vois, que j'entends ton pas dans l'escalier, que je t'attends à la sortie du journal ou que je te sais à la sortie de l'école communale, j'ai l'impression de me trouver de plus en plus longtemps, longtemps avant notre première rencontre. Tu n'es que l'avant-propos d'un avant-propos, puis de jour en jour l'avant-propos d'un avant-propos d'un avant-propos. Non, je ne me moque pas de toi. Tu vois... non, ne dis rien... je peux jouir de toi en te parlant. Et toi aussi. Non, ne bouge pas. L'histoire que je veux te raconter, l'histoire que je dois te raconter, là, maintenant, dis donc, il faut que je me dépêche, va te faire mal, très mal. Tu n'as pas peur ? Non, tu n'as jamais peur. Ecoute. »

Les coudes serrés le long du corps de Sarah, les mains posées sur la gorge de Sarah, Pierre murmure distinctement, lentement, son histoire, la fin et le début de tout.

« Jacques est sorti major de son école d'ingénieurs. Nous sommes allés fêter ça tout l'été, en Grèce, dans l'île de Khéa, avec deux Suédoises. Comme des pachas. Puis au retour, mon père était intervenu pour que Jacques ne parte pas pour l'Algérie, mais fasse son service militaire dans un ministère. Alors, Jacques a fait ce qu'il fallait pour partir quand même. Comme ça. Tout simplement. Il disait : c'est con, mais c'est comme ça. La guerre, c'est comme mon ghetto d'ingénieurs, c'est con, tous des cons. Il m'envoyait des cartes postales idiotes avec des textes du genre *t'en fais pas mon vieux, il y aura toujours des roses au fond du jardin.* Il parlait du Rivier. C'est vrai, je ne t'ai jamais parlé du Rivier. C'est notre maison de week-ends, de vacances, notre vraie maison près de Vernon. J'y dormirai ce soir. Voilà. Je parle, je parle. C'est comme un puzzle. C'est inutile. Mais c'est un jeu d'observation. Embrasse-moi. » Ils s'embrassent. « C'est mauvais signe, avant on ne se demandait jamais ce genre de chose. On s'embrasse toujours sans se demander la permission, pas vrai ? » Sarah se mord les lèvres. Elle ne veut pas répondre. « Ça te fait peur, mon histoire. Hein ? T'en fais pas, ma petite Sarah, il y aura toujours des roses au fond du jardin. Tu vois, c'est pas si idiot que ça. » Pierre rit, se détache de Sarah, s'allonge à côté d'elle, relève les draps et regarde la fenêtre ouverte.

« Je me suis retrouvé seul avec le chien dans notre piaule, en banlieue. Il y avait les croix sur le mur, j'aurais voulu toutes les gommer. Je rentrais toujours seul. J'ouvrais la fenêtre. Le chien sautait dans le jardin. Mais il ne faisait plus de trou. Il revenait très vite. Il manquait d'appétit. Il reniflait les cartes postales de Jacques. Oran, Tlemcen, Bougie. Vers la fin du mois de décembre, je décidai de changer de chambre. Mes sœurs venaient de mettre au monde chacune leur troisième enfant. A deux jours de différence. Ça, tu ne peux pas me dire que je ne t'ai jamais parlé de mes sœurs. Mes parents voulaient que je revienne vivre chez eux. Mais sans le chien. Un chien dans un appartement, disaient-ils, ce n'est pas possible. Alors, j'ai trouvé cette chambre. Je venais d'être nommé rue Jean-Jaurès. C'était pratique. Pas cher. J'ai tout déménagé. Les matelas. Les livres. L'électrophone. Le tapis. Cette table. Les chaises. Et le chien. Le premier soir, quand je suis rentré, ça sentait mauvais. Le chien avait fait là, derrière la porte. Alors, instinctivement, j'ai ouvert la fenêtre. Et le chien a sauté. Je n'ai même pas eu le temps de le rattraper... »

« C'est tout. »

« Maintenant, il faut que je me dépêche. »

Pierre se lève, referme la fenêtre. « Désolé, Sarah, mais nous ne serons plus deux ici, mais trois ou quatre. » Il écoute sa montre. « Mais tant que celle-là ne fera pas tic tac, ce n'est pas grave. Pas vrai ? »

Devant le lavabo. « Je peux prendre ta brosse à dents ? La mienne n'a plus de poils. Ça ne t'ennuie pas que je te tourne le dos ? » Il se brosse les dents. « Je suis sûr que tu as plus froid, sous les draps, fenêtre fermée, maintenant, que tout à l'heure fenêtre ouverte, toute découverte. — Répète. » Pierre se rince la bouche, passe la brosse à dents sous le jet d'eau froide. « C'est pas important. » Il se coiffe. « Je me fais la raie. Ça, par contre, c'est important. Quand on revient au Rivier, il faut être bien coiffé, sinon on est privé de dessert ou de partie de tennis. » Pierre se retourne. « Regarde-moi, je ne suis pas mignon, comme ça ? Un vrai premier communiant. » Pierre ouvre le placard près de la porte, soulève une pile de linge. « Une chemise blanche, une cravate. Dis-moi, tu pourras m'acheter une brosse à dents cet après-midi. Ou bien non, ne l'achète pas. Je ne comprends pas que ceux qui vivent ensemble n'utilisent pas la même brosse à dents. Pas vrai ? » Sourire. « Je suis nerveux ce matin, je dis tout le temps pas vrai. » Pierre s'assoit, un coude posé sur la table. « Et si j'y allais comme ça, tout nu, avec seulement une chemise et une cravate ? » Sarah se lève, s'approche de Pierre et se tient droite, mains tendues. « Tu sais que tu as un corps de petite fille ? — Et toi, tu sais que tu as un corps de petit garçon ? — Est-ce qu'on vieillit ? — Je ne sais pas, dit Sarah à voix basse. Comment savoir ? Chaque année d'un an. —

Bravo ! » Pierre prend les mains de Sarah. « Habille-toi, je ne veux pas te laisser seule, ici, après ce que je t'ai raconté. — Mais tu es fou ! — Oui, je suis fou. Et c'est comme ça. »

Devant le placard. « Où sont mes slips ? Il faut que je mette un slip. — Au fond, en dessous. Avec les affaires d'été. — D'été ? Mais je n'en porte jamais l'été. — Ils sont au fond. Tiens. Regarde. »

« Ma mère est en clinique. Je vais la chercher. A onze heures. J'ai rendez-vous. C'est mon père qui m'a demandé d'aller la chercher. C'est mon père qui loue la voiture. C'est mon père qui paie. Il a le cœur qui paie. Et il croit avoir bon cœur. Ou plutôt, il n'a jamais su avoir bon cœur autrement. »

« Je n'aurais pas dû dire clinique. Disons, maison de repos. Ma mère s'y plaît. Elle veut y rester. La seule chose qui l'ennuie, c'est qu'elle est obligée de mettre des pièces de un franc pour regarder les émissions de télévision. Et les infirmières refusent de faire la monnaie. Elle m'a demandé de lui apporter plein de monnaie. C'est pour ça que j'ai acheté une tirelire la semaine dernière. Tu comprends, maintenant. »

« Et puis, Françoise a eu son sixième enfant. Un garçon. Elle m'a demandé d'être le parrain. Xavier, son mari, me déteste. Il n'est pas sorti major de son école d'ingénieurs, lui. Mais il réussit fort bien, merci. Quel con ! Il déteste tout le monde. Mon père, pour l'excuser, dit que c'est un velléitaire. Pas la peine de te demander quel costume je vais mettre. Il ne m'en reste qu'un, le brave ! Petite bise ? »

« Tiens, c'est la première fois que tu fais le lit. Tu as tort, tu vas le froisser. »

« Tu es belle, tu sais. Encore plus belle quand tu t'habilles que quand tu te déshabilles. Enfin, je ne sais pas. Je te dirai ça en Bretagne. On fera des essais. En extérieurs. »

« Je serai le parrain. C'est un garçon. Ah ! oui, c'est vrai, je te l'ai déjà dit. Mais ce que je ne t'ai pas encore dit, c'est son prénom. » Silence. « Eh bien, tu ne veux pas savoir quel prénom Françoise, je dis bien Françoise, pas Xavier, a choisi ? » Sarah prend Pierre par les poignets. « Calme-toi, murmure-t-elle, cette fois, tu me fais un petit peu peur. Un petit peu. — Embrasse-moi. — Tu sais très bien que tu n'as pas à me le demander. Tiens. J'ai hâte de me trouver à Vernon, demain soir. Et toi aussi, je le sais. Je le sens. Bêtement. Comme une bête. Et je ne sais pas ce que je vais faire cet après-midi, ce soir, demain, demain matin, sans toi. Je ne m'étais jamais posé la question. Même lorsque nous nous quittions. Tu as raison, c'est un puzzle. On cherche toujours la pièce la plus importante. Mais elles sont toutes importantes. » Sarah se détache de Pierre. « Tu es beau, en costume. Tu es quelqu'un d'autre que je trouve très beau. Pour la première fois, j'ai envie de te tromper avec quelqu'un d'autre. » Ils rient. « Choisis-moi une robe, veux-tu ? »

Quelqu'un passe dans le couloir du dernier étage de l'immeuble. Le ciel se couvre. Le soleil disparaît. Pierre entrouvre la fenêtre. « Le type doit m'attendre en bas, avec la voiture, très exactement là où le chien s'est écrasé. Des détails comme ça, ça ne s'invente pas. »

Sarah : « N'oublie pas ton permis de conduire. L'argent. Tu ne prends rien d'autre avec toi ? — Rien. — Il est l'heure, je crois. — Oui, il est l'heure. »

Sarah et Pierre s'aiment. C'est tout. Et c'est beaucoup. Ça aussi, ça ne s'invente pas.

2

L'ESCALIER sent le désinfectant, le bois décapé. La rampe est recommandée à la montée. Pas à la descente. Le bois est ainsi tourné qu'il écharde la main glissante, descendante, pressée. Pierre s'est toujours demandé comment, après tant et tant d'années, dans cet immeuble qui date du début du siècle, la rampe n'a pas été polissée par le temps et ses passants. Et puis il y a cette odeur de propre, d'escalier de service propre, qui ne lui a jamais paru aussi forte. « Tu sens ce que je sens ? » Sarah ne répond pas. Elle descend devant Pierre, tête baissée, les mains dans les poches de son imper, sac en bandoulière, sans bruit, du bout des pieds. Robuste et frêle, sérieuse et dansante : Pierre cherche le mot juste qui la définirait. Il sourit. Il se moque de Sarah. Gentiment. Il profite de ce qu'elle ne le voit pas. Sarah valse avec l'escalier, devant lui, cinquième, quatrième, la dame qui parle à son chat dans la cuisine de gauche au troisième, Mouchi, Moumouche, viens, second, premier. Fin de valse sur le palier. Sarah se retourne. « Tu n'as même pas pris ton manteau. — Mais j'en ai un qui m'attend, devant la porte, un vrai, un grand, tout en tôle, modèle bagnole. — Arrête de parler comme ça. » Elle prend les mains de Pierre et les serre dans ses mains, fort, puis de plus en plus fort. « Qu'est-ce qui te prend ? » Pierre a souri en disant cela. Sarah l'observe longuement. Tour à tour, Pierre a l'impression que Sarah scrute son œil droit, puis son œil gauche, et de nouveau l'œil droit, Sarah cherche le vrai regard de Pierre. Et Pierre se sent surpris en flagrant délit de faux sourire et de mensonges. « Laisse-moi passer, Sarah. — Non, dis-moi, dis-moi d'abord ce qui ne va pas. » Silence. « Dis. » Silence. « Laisse-moi toutes les pièces de ton puzzle, que je puisse le faire seule en attendant demain. Dis. » Le sourire de Pierre, cette fois, est franc et net. Pierre veut parler, mais il pense d'abord à cette odeur de désinfectant qui lui pique les yeux. Samedi matin. La concierge a nettoyé l'escalier. Elle a oublié d'aérer. Et si Pierre se mettait à pleurnicher, seulement à cause du désinfectant ? Et alors, à quoi bon sourire juste et pleurer faux ? Cette fois, Pierre rit. « Ça me pique les yeux. — Quoi ? — Mais cette odeur me monte à la tête, et toi, rien du tout. Sortons. — Non, parle-moi d'abord. » Pierre caresse la rampe d'escalier en remontant, puis du bout des doigts mime quelqu'un qui la redescend précautionneusement. Et recommence. « Regarde-moi, Pierre. — Mais je te regarde tout le temps, partout. En classe, j'ai plein-plein-plein de petites Sarah devant moi. Elles ont toutes cinq ans, six ans, des couettes et plein de rêves dans leurs cartables. Au cinéma, je ne vois que toi. Dans les journaux je ne vois que toi. Sauf dans les articles que tu écris... — Tu te moques de moi. — Non. » Silence. Pierre prend Sarah dans ses bras. « Je me moque de moi, c'est tout. Je vais revoir mon père et ça me rend malade. Je vais revoir ma mère et ça me rend malade. Je vais revoir Françoise, Xavier et leurs mioches, dont je connais à peine les prénoms. Je vais revoir Sylvie et ses quatre enfants. Le quatrième n'est pas de son mari. Divorce. Patatras. Un ménage qui marche et un qui ne marche pas. Et la famille clopine. L'ex-mari sera là, lui aussi. Il ne veut pas manquer un dimanche avec ses gosses. On le comprend. Et il y aura Jo, le chauffeur. Celui qui entend tout et qui ne dit rien. Depuis trente ans. Oui, mon père a un chauffeur. Et Jo a passé huit jours au Rivier. Il a, comme on dit dans les familles bourgeoises, *fait chauffer la maison avant les vacances*. Et la vieille Denise a dû venir l'aider à remettre la maison en état. Le Rivier. Une maison rebelle. Une maison qui aime la poussière, les courants d'air et les mystères. Oui, papa-Dauzan a un bel appartement en ville interdit aux chiens, une belle maison en dehors de la ville, fermée depuis douze ans, une épouse en maison de repos, un ménage uni et un ménage désuni qui ne font plus la paire sur la cheminée, un fils qui aurait pu *aller jusqu'à l'agrégation de lettres*. Même pas. Instituteur. Il est instituteur et, ô scandale ! amoureux d'une Sarah. Une élue. Ça ne se fait pas. » Pierre caresse le visage de Sarah. Côte à côte, main dans la main, ils descendent le dernier étage. « Et je sais que je ne t'offense pas. J'appartiens encore à ces familles qui ont peur des Sarah et autres Rachel.

Je leur appartiens, puisque je reviens. Je suis le parrain du dernier pondu, du dernier arrivé. » Sarah et Pierre s'arrêtent devant les boîtes à lettres, au bout du couloir. « Et le gosse s'appellera Jacques. Tu t'en doutais. C'est comme ça. Et je sais que tu vas me dire que tu savais tout, déjà. Que tu avais tout deviné, appris, de-ci, de-là, comme ça. Et puis, je t'aime peut-être encore plus parce que tu es une Sarah. Ça ne signifie rien pour moi. Mais tant pour eux ! Et pourquoi ? Sniff-sniff, tu te rends compte, ce que tu me fais dire. C'est ça. Souris. » Ils s'embrassent.

« Alors, demain à dix-sept heures, devant la gare, devant. Pas de blague ! — Même si tu es en retard, très en retard, je t'attendrai. — Je serai à l'heure. Je te le promets. Quoi qu'il advienne. » Pierre sourit. « J'ai ma montre. »

Instinctivement, en sortant sur le trottoir, Sarah lève la tête. La chambre est là-haut, tout en haut. Un chien tombe. Fin de royaume.

« Oui, c'est moi, monsieur Dauzan. Pierre Dauzan. Voici mes papiers. » L'employé de la société de location de voitures cache à peine son étonnement. Pierre remet en place son nœud de cravate, fait un clin d'œil à Sarah. Puis il signe des papiers, sur le capot de la voiture. L'employé lui tend des clés et la carte grise. « J'espère, dit

Pierre, que les cendriers sont nettoyés. — Mais oui, monsieur. — Et j'espère que vous avez fait le plein, parce que je n'ai pas d'argent sur moi. — Ah ! çà, monsieur... — Comment, ah ! çà, monsieur ? Je vais chercher quelqu'un de très important à Senlis. Est-ce que j'ai assez d'essence pour aller jusque-là ? — Oh ! oui, monsieur. — Très bien. Merci. Merci beaucoup. » L'employé s'en va. Pierre prend Sarah par le bras et l'entraîne vers la porte de service de l'immeuble. « Eh bien, tu ne pars pas ? — Je remonte. J'ai oublié la tirelire. Ne m'attends pas. Va-t'en vite. Vite. A demain. »

3

D'UNE odeur à l'autre. L'odeur d'une voiture de location. Une odeur de neuf et de net que l'on prolonge. L'odeur du portefeuille de M. Dauzan. Tout s'achète. Tout se loue. Au premier feu rouge, Pierre regarde ses voisins voiturés de droite, et ses voisins voiturés de gauche. Tout ce beau monde part en vacances, bagages sanglés sur le fixe au toit, les gosses à l'arrière, les parents à l'avant. Distribution de biscuits ou de gifles. Etrange odeur que celle de cette voiture qui n'a jamais de maître. Sentiment étrange de Pierre, seul, au volant sous les regards des familles en bordée. Feu vert. Pierre ne démarre pas tout de suite. Coups de klaxon derrière lui. Le monde est pressé. Ah ! si les routes du départ pouvaient être comme les rampes à échardes ! Le discours de Pierre est fugace. Pierre ne croit pas aux objets inanimés. Les matières aiment ceux qui les aiment. Les matières tuent ceux qui les ignorent. Ainsi la route. Coups de klaxon : ils vont à l'hécatombe. Pierre sourit de ses propres pensées. Il n'est pas pressé. Il passera d'abord rue Jean-Jaurès. Maman attendra. Elle sait attendre. Elle n'a fait que ça toute sa vie. De nouveau, sourire.

La classe. Une jungle pour enfants. Pierre vérifie si le moteur à oxygène du bocal à têtards fonctionne bien. O.K., pas de problème. Les hamsters dorment dans leurs petites maisons. Les perruches sont en train de déjeuner, le perroquet dit Coco comme d'habitude et le gardien n'a pas oublié d'arroser les primevères. Pierre baisse les stores pour que les plantes vertes ne souffrent pas du soleil. S'il fait soleil. Puis il fait le tour de la classe vide. Sur chaque petit bureau, des piles de livres et de cahiers, des crayons bien taillés, un bonheur ensommeillé, tout est prêt pour la rentrée, leur rentrée, leurs cris. « Monsieur, Bettina a eu des petits, plein de petits. » « Monsieur, il y a une grenouille chez les têtards. » « Monsieur, Coco a dit autre chose que Coco. — Quoi donc ? — Je ne sais pas, il ne l'a dit qu'une fois, c'était... c'était... — Eh bien, dis-le. — J'sais plus. » Pierre s'approche de la cage de l'écureuil. « Bonjour. » Puis il gratte du doigt la porte d'entrée de la maison de Mme Bettina. « Ça va ? » Mme Bettina se retourne et montre son derrière. Des enfants, des bêtes, et des plantes et des dessins éclatant de couleurs qui tapissent les murs, voici le monde de Pierre. Ce sera toujours ça de pris pour eux. Pas vrai ? Pierre se le répète. Pierre hausse les épaules. « Eh bien oui, quoi, j'ai une cravate, dit-il aux perruches, ce n'est pas la peine de faire semblant de ne pas me reconnaître. » Classe pilote. L'inspecteur primaire a eu la méfiance et l'intelligence de déclarer cette classe dans la catégorie « pilote », réservée aux enfants difficiles. Mais voyons, réfléchissez, tous les enfants sont difficiles. Et tous les enfants sont intéressants. « Je n'ai pas à les former, monsieur l'inspecteur, je veux simplement ne pas les déformer. Ce sont leurs fleurs, leurs plantes, leurs animaux, leurs amis. Une autre famille. Peut-être la seule et la vraie. — Mais vous ne trouvez pas que... — Non, je ne trouve pas que... — Alors, continuez, mais faites attention à la jalousie de vos collègues. Je vous conseille d'accepter à la prochaine rentrée la classe du troisième étage au bout du couloir. — Vous me cachez. — Peut-être. » L'inspecteur retire ses lunettes et les glisse méticuleusement dans leur étui. Clap de l'étui. « Je vous cache, parce que je veux vous garder. Vous êtes un cas rare, pour ne pas dire inattendu. Et je préfère ne rien savoir des raisons qui vous ont conduit ici. Vous vivez hors du monde. Un rêve. — Croyez-vous ? » Silence. Sourire de l'inspecteur primaire, lèvres pincées. « Non, je ne le crois pas... Je crois simplement que vos enfants seront encore plus malheureux, après. — Croyez-vous ? » Silence. « Non, je ne le crois pas. » L'inspecteur primaire tend une main pointue, énergique. « Alors, bonne chance. »

« Vous êtes bien chic, monsieur Pierre, dit le gardien de l'école communale. — Forcément, je vais à un enterrement. »

Route de Senlis. Pierre n'a pas emprunté l'autoroute. Il veut voir la banlieue. Ses tours. Ses carrefours. Ses magasins géants. Ses trottoirs défoncés : attention travaux. Et ce ciel oblique, orageux, qui semble verser vers le nord. Maman m'attend. Et sa clinique ne pouvait être qu'au nord de tous lieux, et pour la rejoindre, on ne peut que tourner le dos au midi, au soleil, aux volets du Rivier qui claquaient de façon si nette et sonore les matins de printemps, quand tout vivait encore. Jacques était là. L'aîné.

La route est pavée par endroits. La voiture vibre. La terre tremble. Cramponné au volant, Pierre tremble avec elle. Pour voir. Pour rire ? Ou bien pour ne pas rire. Dans la banlieue, tout se détruit. Tout se mine. Le béton pousse n'importe où, n'importe comment. Les voitures doublent Pierre à vive allure. A quoi bon, n'est-ce pas, se soucier de tout cela ? Et pourtant, le ciel comme un avion, à l'horizon, semble s'écraser près de Senlis. Et maman appelle au secours, à sa manière. En ne disant rien. Résignée. Elle attend.

11 h 25. Pierre est en retard. Au tableau de bord de la voiture, une petite horloge fait, elle, tic tac.

« Je te demande seulement d'aller chercher ta mère. Tu n'es jamais allé la voir là-bas. » Là-bas. La voix de M. Dauzan est à la fois sourde et précise, véhémente et désespérée. « Tu lui dois au moins ça. » Au moins. « Allô, tu m'écoutes ? — Oui, papa, je t'écoute. — Je vous attendrai au Rivier. Nous serons tous réunis, et tu sais à quel point pour moi, tous, c'est important. » Pour moi. Silence. « Veux-tu venir... avec cette jeune femme ? — Quelle jeune femme ? » Silence. Pierre a envie de raccrocher. Le gardien de l'école est venu le chercher dans la classe en plein milieu de l'après-midi. C'est votre père, c'est urgent. C'est toujours urgent avec M. Dauzan. « Ecoute, papa, je m'appelle Pierre et elle s'appelle Sarah. Et elle ne viendra pas. — Pourquoi te fâches-tu ? — Pourquoi me fâches-tu ? Ecoute, c'est simple. Tu m'envoies une voiture. J'irai chercher maman. Sarah ne viendra pas. C'est inutile. Et ma classe m'attend. Allons, je t'embrasse. Tu vois, tout est très simple. » Simple.

Dialogue avec Sarah. C'est Sarah qui commence. « Tu ne dis que des lieux communs. — Et toi, tu les écris. — Tu ne m'aimes pas. — Toi non plus. — Tu ne fais que me désirer. — Et toi aussi. — Tu n'as même pas un poil au-dessus des lèvres. Tu ne te rases pas chaque matin. Tu n'es pas un homme. — Et toi, tu ne vas jamais chez le coiffeur, tu n'es pas du genre permanente, tu ne portes même pas du transparent à lèvres, tu n'es pas une femme. — Et pourtant... — Eh bien oui, et pourtant... — Alors ? — Alors. — On joue encore ? — Ça pourrait durer longtemps. — Mais justement, ça dure longtemps nous. — Nous ? » La tendresse est un hasard à double tranchant. Il suffit de le savoir pour ne jamais se blesser.

Parfois, la nuit, Pierre se réveille pour voir Sarah dormir contre lui. Et Sarah se réveille en même temps que lui. « Je voulais te voir. — Moi aussi. » Et ils rient.

« C'est votre sœur ? — Non, c'est Sarah. »

La traversée du bois de Chantilly. Une voiture s'est arrêtée sur le bord de la route. Un enfant vomit.

« Où es-tu, Sarah, cet après-midi ? — Dans un supermarché, je choisis une belle brosse à dents toute neuve. Une seule. Pour nous deux. — J'ai oublié de te dire de ne pas oublier le pull-over que tu m'as tricoté. — Comment pourrais-je l'oublier ! »

Senlis. 11 h 50.

4

« Bonjour ! — Bonjour. » Mme Dauzan se lève. Elle contourne le lit. Sa robe est tachée, par-devant. L'ourlet est décousu, derrière. Elle porte un petit collier de perles. Un bracelet en or. Sa bague de fiançailles et son alliance qui se cache sous la bague de fiançailles. Elle a maigri. Sa robe est trop grande. Elle se cogne au coin du lit. « Attention, maman. » Pierre fait un pas vers elle. Sitôt la porte refermée, il a oublié d'aller vers elle ; la robe était décousue et il y avait la tache. C'est ce qu'il a vu en premier. « Tu as trouvé facilement ? — Facilement. »

Ainsi, Pierre ne pourrait plus jamais écouter le langage de sa famille sans en répéter les ponctuations inutiles. « Je suis si contente de te revoir ! » Revoir.

Sans même s'en rendre compte, Pierre a embrassé les mains de sa mère. Puis ils se sont assis sur le rebord du lit. « Tu t'es fait mal. — Non. Non.

Cela m'arrive tout le temps. » La voix est lasse, lointaine, enfouie quelque part dans la gorge, protégée. Mme Dauzan ne quitte pas son fils du regard. « Le docteur t'attend. Il m'a dit qu'il voulait te parler. » La commission est faite. Pierre a senti dans la voix de sa mère un rien de mécanique et d'urgent : elle avait peur d'oublier. Elle a donc encore peur d'oublier. « Mais ne descends pas tout de suite. Reste là. Avec moi. » Silence. « C'est la plus belle chambre, tu sais. Je l'ai attendue longtemps. Au début, je n'avais pas de salle de bain. Un lavabo. Trop petit. Et je donnais sur la cour. » Donnais. Et voilà que dans la manière de dire « longtemps » Pierre saisit un sentiment poignant. Maman s'est trahie. Elle ne se plaît pas ici. Mais non, mon vieux, tu n'es pas le nombril du monde, elle vit la vie qu'elle veut vivre. Elle vit la vie qu'elle doit vivre ou qu'on lui fait vivre. « Tu ne dis rien, Pierre, comme tu as changé ! — Pardon, maman. Tiens. » Il lui tend la tirelire. Mme Dauzan murmure que rien ne pouvait lui faire plus plaisir. Et dans cette manière de dire « plus » il y eut aussi le début d'un cri aigu. Mais le début seulement. Distant. Réprimé. « Et puis je lis, tu sais. » Pierre regarde les piles de livres sur les tables de nuit : *La France mystérieuse*, *Les Grands Châteaux disparus*, *Les Rues de Paris*, *Un Musée imaginaire*, *Les Promenades dans Rome*, *La Vie quotidienne chez les Incas*. « Et puis, je relis tes lettres. Je garde les dessins de tes élèves. Tu vois. » Elle ouvre le tiroir d'une table de nuit. Les lettres et les dessins y sont rangés délicatement. « Et puis, je me promène. » Les phrases de maman commencent toutes par « et puis ». De qui a-t-elle peur ? De quoi ? Peut-elle encore avoir peur ? « Sylvie ne vient jamais. Ses enfants m'ont envoyé des bonbons. Françoise et Xavier m'ont envoyé des fleurs pour mon anniversaire. Toi, tu n'y as pas pensé mais cela n'a aucune importance. Papa vient me voir une fois par semaine. Joseph est gentil. Il m'apporte du linge propre et des pièces de un franc. Le téléphone ne marche plus. Le docteur est gentil. Ne le fais pas attendre. Et puis ce n'est pas très beau, ici. Il y a trop de serres tout autour. Mais j'ai le droit d'aller jusqu'à la forêt. J'ai reçu une lettre de Mme Lalanne. Tu te souviens d'elle. Elle t'a donné un réveil de voyage pour ta première communion. Elle ne me dit rien d'intéressant dans sa lettre, mais c'était gentil. Va voir le docteur. Je vais me préparer. »

Pierre referme la porte lentement. Couloir éclairé au néon. Balatum écorné. Infirmières farouches, trop fardées. Elles passent avec des plateaux. C'est l'heure du repas. Ça sent le ragoût et le jus de café décaféiné. Dégoût. Voiture de location, banlieue de béton, clinique conventionnée remboursée par la Sécurité sociale : le repos des riches. Tu vas trop loin, Pierre ! Mais c'est ma mère...

Costume blanc, chaussures façon chaussons d'été, cravate crème, ton sur ton avec la chemise, une rosette bien en évidence à la boutonnière, un bronzage suspect de sexagénaire tombeur de dames entre deux âges, une manière courbée de tendre une main parfaitement manucurée : c'est le docteur Gambit. Le célèbre docteur Gambit. Tout et rien. Il n'est pas professeur de médecine, mais il a connu tant et tant de professeurs de médecine ! Celui-là en captivité, celui-ci (le pauvre, il est mort la semaine dernière) qui disait qu'on avait deux cerveaux. Celui du haut et celui du bas. Et celui du bas est plus important chez les femmes que chez les hommes. Vous comprenez. Diététique ? Apaisement psychique ? Pourquoi avez-vous l'air si nostalgique ? Non, le docteur n'a pas dit cela. Pierre se le dit. Il regarde dans le vague le bureau directorial. Les fauteuils de cuir tout fripés qui ont dû voir passer des générations de bourgeois qui se croient déracinés. « Cigarette ? » Le docteur est content parce que Pierre ne fume pas. Couplet sur les dangers du tabac. « Votre mère se plaît. » Pierre n'écoute plus. Joseph est bien gentil, il apporte du linge propre. La robe était décousue. Et la tache, devant. Bien sûr, ce n'est que l'histoire d'une famille pas comme les autres. Ça ne peut pas être l'histoire de toutes les familles. La tendresse tue. L'absence de tendresse assassine. Et toi, Pierre, tu ne fais que t'écouter. Tu n'écoutes plus, toi aussi. Tu laisses les enfants vivre dans ta classe. Mais ils vivent. Et tu te laisses vivre avec Sarah et Sarah se laisse vivre avec toi. Un excès, un abandon. Le temps ne passe plus. Jacques est mort il y a douze ans. Bêtement. A la guerre, on meurt toujours bêtement. Et ce n'était même pas une guerre. Qu'est-ce que c'était, déjà ? En Algérie. Une collision entre deux camions. Même pas au combat. « J'ai fait ce que j'ai pu », a déclaré M. Dauzan, mais personne ne l'avait entendu. Les regrets, ça ne s'entend pas. Les bonnes consciences non plus. Et qui donc était mort dans cet accident d'un coup, d'un seul, sur la route d'El Goléa, dans le fossé, versés, écrasés ? Jacques, et combien de personnes avec Jacques. « *T'en fais pas, mon vieux, il y aura toujours des roses au fond du jardin. Garde le contact. Jacques.* » C'était le texte de sa dernière carte postale, tu comprends, Sarah, maintenant. Je sais, j'avais oublié « *garde le contact* ». Une pièce du puzzle. Je pense à toi. Je suis arrivé. Le docteur voulait me parler. Il me parle. Quel con ! Non, pire que ça. Rien du tout. « Et vous, qu'en pensez-vous ? » Pierre sourit. Le docteur allume un cigare. 12 h 50. La secrétaire du docteur écoute sur son transistor le Jeu des mille francs. Ça existe encore, ce truc-là. Le docteur parle. Pierre préférerait écouter les questions à dix, à vingt et à cinquante francs. Voir s'il aurait gagné. Avec Lucien Jeunesse. C'est bien Lucien Jeunesse ? Depuis le temps. « Ecoutez, docteur, pour être franc je n'ai rien compris de tout ce que vous m'avez dit. »

« Ma mère n'a aucune raison d'être ici, et vous le savez. »

Alors, le costume fait l'homme. Le vieux beau fait le beau et le gentil. Il dit des choses du genre « Jeune homme, j'aime votre franchise » ou bien

« C'est pour cela que je tenais à vous parler » ou encore « Votre père m'avait bien dit qu'il était important que je vous parle ». Et pour conclure « Mme Dauzan restera ici autant de temps qu'elle le voudra. Et je ne dis pas désirera. Je fais appel à sa volonté et non à son désir. » Le voilà, le docteur-saltimbanque. Il marche sur des tessons de bouteilles. Il va même jusqu'à dire qu'il refuse des patients à longueur d'année. Des patients. D'où la nature exceptionnelle de son intérêt pour le cas de « Madame votre mère ». Pierre ne peut même pas sourire. Sa cravate l'étrangle. Et si tout cela n'était qu'une comédie ?

Top sonore du Jeu des mille francs, entre deux questions. Le candidat a donné la réponse. Mais quelle était la question ? Le docteur parlait encore à ce moment-là. Applaudissements. Le docteur ferme la porte de son secrétariat. « Il y a des tas de choses que je ne sais pas au sujet de votre mère. » Des tas de choses.

5

PIERRE voudrait dire le double tranchant de toute tendresse. Cette tristesse du monde et de son monde quand volontairement il ne peut, ni ne veut s'apaiser. Et si drame de bourgeoisie il y a, c'est qu'elle n'accepte jamais ce qui lui est acquis. Son confort. Sa richesse. Mais à vouloir tout expliquer et s'expliquer, Pierre joue ses pensées cartes sur table. Il ne fait pas d'impasses. Il perd. Il a oublié de grandir. Il a refusé de se déformer. Il est mort il y a douze ans. Naïvement. Avec son aîné. C'est dit. Et c'est un risque. Les aveux n'intéressent Pierre que sur la base de ces franchises meurtrières. « Ce que j'aime en vous, jeune homme, c'est votre franchise. » Tu parles, Gambit, tu parles. A quatre kilomètres de Senlis, sur la route de Veraines, ta clinique n'est qu'une prison de dames, une prison de drames. Pierre sourit. Gambit s'énerve. « Mais qu'est-ce qui vous fait sourire tout le temps ? — Je ne vous écoute pas. » Pour un peu, Pierre préciserait qu'il n'a devant lui que le directeur conventionnel d'une clinique conventionnée. Les mots ont pour lui le pouvoir dérisoire de glisser puis trébucher dans la pensée et de se mettre à jouer quand tout l'exaspère. « Vous seul pouvez m'aider. — C'est trop, docteur, c'est trop. » Silence. « Vous voyez, je ne souris plus. Cette fois, je vous regarde, je regarde ce bureau. Je me dis que je suis ici par hasard. Ma mère m'attend là-haut. C'est une fête pour elle. Elle se prépare. » Pierre se lève, s'approche de la porte.

« Je ne dois pas la faire attendre. » Il tend la main au docteur Gambit. « Ce serait très mauvais pour son cerveau du bas. » Gambit prend un air désespéré. « Vous ne m'avez pas cru, mais c'est très sérieux, vous savez. » Sérieux.

Le docteur accompagne Pierre. Les infirmières s'écartent sur leur passage. Le monsieur-fouine règne ici en maître. Pierre sent cette petite chose marchante agrippante, dans son dos. Pierre va de l'avant. Balatum vert. Odeur racornie de salle d'attente. Encore une odeur. Pierre s'est mis ce matin à renifler le monde, son monde. En impasse. Au bout de l'impasse. Quand il y a un mur et quand brusquement on se souvient de la pancarte « voie sans issue ». Douze ans pour en arriver là. Et les roses. Les roses. Je garde le contact, Jacques, t'en fais pas.

Le docteur prend Pierre par le bras. Chambre I, premier étage. Couloir Méditerranée. Devant la porte fermée. « Attendez. » Le docteur s'est composé un regard à la fois courtois et désemparé. Il veut parler. Il cherche ses mots. Il est sincère, lui aussi, peut-être, qui sait ? Tout le monde est sincère. Pierre sourit. « Au revoir, docteur. Ne vous en faites pas. Ma mère reviendra. » Pierre aurait voulu ajouter que le temps fixe, ça ne se soigne pas. Mais il aurait tout dit, tout révélé, trop vite. Et le docteur aurait trop bien compris. L'ordre des choses est un beau désordre, bien rangé. Qu'il ne faut surtout pas déranger. En ouvrant la porte de la chambre, Pierre a cru entendre la voix du docteur. « Très heureux d'avoir fait votre connaissance » ou quelque chose d'approchant. Pierre est exaspéré. Mais il ne le montre pas. Il referme la porte calmement. En souriant.

« C'est l'heure », dit maman. L'heure.

Le manteau cache la robe. Le foulard bleu que Pierre lui a offert il y a si longtemps cache le collier de perles. Mme Dauzan a posé la tirelire sur la télévision. La fenêtre est ouverte. Plein nord. Le vent se met à souffler violemment. Les nuages noirs semblent se crever sur le toit des maisons. On entend un bruit de vitre cassée. « Ce sont les serres, murmure Mme Dauzan. Ça arrive tout le temps. » Elle se tient toute droite, toute prête, près du lit. « Au début, à chaque vitre je comptais, maintenant je ne compte plus. » Elle serre le foulard autour de son cou. « Je préfère lire. »

« Non, laisse-moi faire. » Pierre prend la valise. La porte de la salle de bain est ouverte. Le pourtour de la baignoire est émaillé, rouillé par endroits. La peinture au-dessus du lavabo se gonfle en cloques. Il y a des plaques éclatées comme des toiles d'araignée. On voit l'ancienne couleur de la salle de bain. Vert foncé. Maquillée désormais d'un blanc qui vire au gris. Mme Dauzan, au Rivier, avait fait mettre des fenêtres dans toutes les salles de bain. Celle-ci n'en a pas. A l'heure du bain, Mme Dauzan ouvrait la fenêtre. « Je me baigne et je respire », disait-elle à qui se moquait d'elle, au cœur de l'hiver. « Où est maman ? — Elle prend son bain. — Allô, écoutez, madame, maman prend son bain ; est-ce que je peux lui faire une commission ? Elle vous rappellera plus tard. » C'était le moment important de sa journée.

Lumière au néon, couloir. Maman ne marche plus comme avant. Un corps trop grand dans des chaussures trop petites. Elle se balance de gauche, de droite, lentement. Sa main droite glisse le long du mur. Elle fait attention. A-t-elle peur de tomber ? « Je n'aime pas cette lumière, murmure-t-elle, je n'y vois plus rien Pourtant, j'ai de bons yeux. » De bons yeux.

Dans l'escalier, Pierre lui tend son bras droit. Mme Dauzan en prend appui. Glisse une main gantée. Un peu tremblante. Mais maman tremblait aussi, un peu, le soir où elle fit son entrée au bal qu'elle donnait boulevard Lannes, pour les dix-huit ans de Françoise. M. Dauzan était parti en voyage. Jacques avait refusé de mettre son smoking. Pierre s'était dévoué. Il fallait un homme. Pour recevoir. Françoise, ce soir-là, devait rencontrer Xavier. Sylvie, plus jeune d'un an, jouait les jeunes filles délurées. « Elle danse avec tous les garçons, avait fait remarquer Françoise. — C'est normal, petite sœur, elle est chez elle, oui ou non ? — Ne m'appelle plus petite sœur, j'ai dix-huit ans. » Pierre avait quinze ans. Il changeait les disques. Servait à boire. Il fit même danser sa mère. Pierre a envie de dire à sa mère « Tu te souviens ? »

Mme Dauzan va droit vers le bureau d'accueil de la clinique. « Vous ne changerez pas les draps de mon lit, n'est-ce pas ? » La main posée sur le comptoir, elle parle doucement, si doucement à l'infirmière, que Pierre entend à peine ce qu'elle dit. Peut-être a-t-elle honte de ce qu'elle dit. Elle veut retrouver les mêmes draps. Son lit. « Et puis, s'il y a des coups de téléphone, notez bien les messages, je reviens lundi. » Mme Dauzan se penche légèrement. L'infirmière baisse les yeux. Elle est en train de lire un roman-photo. « Et si je reçois des lettres, pouvez-vous les faire porter dans ma chambre, je voudrais les lire dès mon retour. — Mais, madame, c'est samedi, il n'y a pas de courrier jusqu'à lundi. — Je ne peux pas dire au revoir au docteur. — Il est sorti, madame, il ne rentre qu'à trois heures. — Merci. »

Mme Dauzan se retourne. Pierre ouvre la porte de la clinique. « Allons, je suis heureuse d'être avec toi. Tu ne conduiras pas vite, tu me le promets ? — Promis. » Sourires.

« C'est ta voiture ? — Je n'ai pas de voiture, maman, tu le sais. — Alors, c'est la voiture de Joseph ? — Non, maman, c'est papa qui l'a louée. — Tout de même, il aurait pu venir nous chercher. » Nous.

Pierre veut poser la valise sur la banquette arrière de la voiture. « Non, dans le coffre. » Mme Dauzan veut faire un vrai voyage.

6

CETTE manière fixe que Mme Dauzan a de regarder la route, droit devant elle, sans jamais se laisser distraire par le paysage. Après l'heure fixe, le temps fixe, Pierre serait tenté de débattre avec lui-même du paysage fixe dont il retrouve trait pour trait le contour dans le regard de sa mère. Dont trait pour trait Sarah a dû si souvent deviner la silhouette dans son propre regard sans jamais oser interroger son ami : le Rivier. A vouloir se situer, Pierre se sent prisonnier de réalités qui deviennent mythes, de souvenirs qui deviennent symboles, du discours interrompu d'une famille, pas comme les autres, comme toutes les autres. Il hausse les épaules. Mais qui veut-il convaincre ? Sarah ? Elle n'est pas là, et pourtant elle est là. Elle tient le volant avec lui et dit « Tiens bon. » Et par la grâce de Sarah et de sa présence, tous ceux dont il voudrait gagner la compagnie.

« Qu'est-ce que le docteur t'a dit ? »

Il pleut. Il faut regagner Vernon par des routes transversales. Laisser, au sud, la capitale. Pierre a déplié la carte sur ses genoux. La route est bombée, sinueuse. Les villages ont une couleur grise, mouillée. Les briques des mairies et des écoles prennent sous la pluie couleur de sang coagulé. C'est ce que Pierre voit, c'est ce que Pierre pense.

« Qu'est-ce que le docteur t'a dit ? »

A chaque fois, Pierre répond « Rien d'important. » Et il se défend de dire quoi que ce soit d'autre. Drôle de clinique. Une dame et son royaume. Un château de cartes qu'il ne faut pas démolir. Un mot suffirait. Un souffle. Seule, la curiosité de Mme Dauzan parle un peu d'espoir. Mais qui va retrouver qui, ce week-end ? Un père, ses enfants ? Une mère, son époux ? Un frère, son frère ? Une maison, ses revenants ? Et les vivants seront-ils plus morts que les morts ? Plus morts que le mort. Cartes sur table. Attention, freine, Pierre, freine. Un camion de Gelati Motta. Pierre ne le doublera pas. Il attendra un carrefour, un détour. Il garde ses distances, derrière le dix tonnes et la gerbe d'eau qui se lève sur son passage. Dix tonnes de gourmandise. Le ciel s'assombrit. Pierre branche les codes de la voiture. Se penche un peu sur le volant. Etranges rites familiaux qui consistent à déraciner plusieurs familles pour essayer de réenraciner la famille du père. Autour du père. Par et pour le père.

« C'est curieux, le docteur ne m'a même pas attendue pour me dire au revoir. » Au revoir.

Pierre explique à sa mère qu'elle ne part que pour deux jours. Cela a si peu d'importance ! Et puis, il n'y a de réel repos que sans surveillance. Il a même trouvé cette formule. Mme Dauzan regarde la route. Retire ses gants comme une aveugle, défait son foulard et le plie en quatre, en huit, sur ses genoux, puis le serre dans ses mains comme un parchemin. « Je n'aime que ce foulard, tu le sais. — Oui, maman. » Les mots ne supportent pas la tendresse. La tendresse ne se dit pas. Elle se prouve. Elle se trame et se tisse de silences. Pierre attend les silences de sa mère.

C'était un jeudi après-midi, jour de congé pour Pierre, il y a trois ans. Xavier venait de prendre la direction générale des laboratoires pharmaceutiques Dauzan. Françoise avait laissé un message rue Jean-Jaurès. Un déjeuner de famille, à l'usine. Le gardien de l'école avait même précisé « Je crois que c'est très important. Cette dame a dit qu'il fallait absolument que vous veniez. » Joseph était venu chercher Pierre. Et de l'aveu de Joseph, Pierre apprit que Mme Dauzan « ne serait pas du déjeuner ». Françoise et Xavier recevaient chez eux, dans la salle à manger privée du patron. « On va la faire repeindre. » On. Ils donnaient des ordres au maître d'hôtel comme M. Dauzan n'avait jamais osé le faire. Sèchement. Sylvie semblait pressée, nerveuse. Elle reprocha à son père « d'avoir aussi invité » son ex-mari. Gérard. « Il ne fait plus partie de la famille. Est-ce qu'il t'a répondu, au moins ? » Gérard avait répondu non, impoliment. « Tant mieux. » D'un regard, M. Dauzan avait expliqué qu'il avait voulu bien faire. D'un regard, Sylvie avait répondu à son père qu'il voulait toujours bien faire et qu'il faisait toujours ce qu'il ne fallait pas faire. Des silences sans tendresse, eux.

Le déjeuner, ce jour-là, s'était fort mal déroulé. M. Dauzan ne présidait plus, à table, chez lui. Au dessert, il écarta la tasse de café et les verres qui se trouvaient devant lui. Les coudes posés sur la table, les mains à plat sur la nappe, le visage penché, il parla. « Si votre mère n'est pas là, c'est que... » Autre château de cartes. Pierre n'osait pas regarder ses sœurs et son beau-frère. Le maître d'hôtel referma précautionneusement la porte de la salle à manger. Dans la cour de l'usine, on entendait le va-et-vient des camionnettes. Les coups de sifflet du vigile, près de la grille d'entrée. Xavier servit une liqueur. Du sherry que Pierre se crut obligé de boire et qui laissa dans sa bouche un goût doucereux, écœurant. « Votre mère m'inquiète. Et je me dois de vous alerter. » Alerter. « Quand je lui parle, elle ne me répond plus. Elle m'entend, mais elle ne me regarde plus. Elle fait un geste. Comme ça. Mais qu'est-ce que ça veut dire, ce geste-là ? C'est évasif. Ni oui, ni non. » Silence. M. Dauzan relève le visage, se renverse sur sa chaise, met les pouces dans les poches de son gilet et annonce d'un sourire un de ces bons mots qu'il ne réussit jamais à faire pour détendre l'atmosphère. « Je crois que la seule fois que votre mère m'ait dit oui, c'est le jour de notre mariage. » M. Dauzan regarde ses enfants. Pas de réaction. Sherry du bout des lèvres. Sylvie fait rouler une mie de pain sur la nappe. Françoise regarde Xavier. Xavier regarde son cigare.

Coup de sifflet. Bruit de camionnettes. Les affaires marchent. « Et ce geste de la main, j'en suis sûr, veut dire non. Non. Toujours non. C'est bien simple, je ne peux plus sortir avec elle. La montrer. L'autre soir, chez toi, Françoise, tu l'as remarqué... » Pierre va se servir un verre d'eau, sur la desserte. Il reste un long moment le dos tourné. Sur le mur, une photo de famille. Le grand-père Dauzan et tous ses employés devant l'usine en 1912. C'était l'époque des cachous contre la toux. Quelques années plus tard, les Dauzan feraient définitivement fortune avec les baumes et les calmants. Et en 1939, Dauzan fils épouserait Martignac fille. Et avec la dot on achèterait un nouveau terrain, on bâtirait une nouvelle usine. On fabriquerait de l'aspirine. En temps de guerre, ça rapporte. Pierre se retourne. Son père annonce qu'avec l'accord de Françoise et de Xavier, et celui, indifférent de Sylvie, il vient de prendre la décision de « confier maman » à « des spécialistes ». « Et toi, Pierre, qu'en penses-tu ? Il n'y a plus que toi. » Il n'y a plus que toi.

Magny-en-Vexin. Pierre fait le plein d'essence dans une station-service. Avec la monnaie, le pompiste lui remet les tickets scellés du « Grand Concours » de printemps. Les Amoureux Célèbres. Jouez, jouez et vous gagnerez. C'est écrit dessus. Pierre n'a même pas eu le temps de ne pas le lire. Publicité bien faite. Et en plus, le pompiste tend les tickets avec un sourire. « Si, si, prends-les, dit Mme Dauzan, ça amusera les enfants. » Pierre reprend la route. Mme Dauzan glisse les tickets dans son sac. Pierre voudrait expliquer à sa mère que c'est justement parce que « ça amuse » les enfants qu'il faut les refuser. « Tu ne dis que des lieux communs, murmure Sarah, nous sommes mieux que ça. » Où es-tu en ce moment, Sarah ? Et ce jour-là, quand je suis allé déjeuner à l'usine, je t'avais dit, vaguement, quelque chose comme « je vais dîner avec mon père ». Le soir, en revenant, tu m'avais trouvé « une drôle de mine ». Tu te souviens ?

Ce jour-là. « Il n'y a plus que moi ? » Silence. Pierre regarde ses sœurs de manière franchement ironique. Il compose. Il a l'assurance des gens qui parlent debout à un auditoire assis. « Mais votre décision est prise. Je n'ai aucun conseil à donner. Aucun. Et puis, si vous voulez mon avis, quelqu'un doit se sentir de trop en ce moment. Est-ce moi ? Est-ce vous, Xavier ? » Xavier se lève, furieux, embrasse Françoise. Une bise académique. Puis il se penche vers M. Dauzan en l'appelant père, tout doucement. Il serre la main de Sylvie. Il a fait le tour de la table, poliment. Il frôle Pierre. « Vous avez raison, mon cher Pierre, j'ai d'autres choses à faire, maintenant. » Et il quitte la salle à manger en refermant la porte tout aussi précautionneusement que le maître d'hôtel. De manière tellement identique que Pierre a envie de rire. Mais Françoise le regarde. Elle est très bien coiffée, une belle permanente chez un grand coiffeur. Diversion. Pierre regarde son père. Aversion. « Le seul docteur de maman, c'est toi. Tu le sais. Tu l'entends. Tu le comprends. Mais c'est tout. Offre-lui un jour de bonheur. Un seul. Sans reproche. Sans remarque. Comme avant. » Le « comme avant » est-il de trop ? Pierre a l'impression d'avoir été maladroit ou imprécis. Il rougit. Sylvie le remarque. Il s'assoit, les coudes sur la table, les mains à plat sur la nappe, adoptant par mimétisme et sans s'en rendre compte la position de son père à la fin du repas, au début des aveux. D'une voix grave et trop douce qui n'est plus la sienne, il dit alors ce qu'il n'aurait jamais osé dire, surpris par ce qui, du temps de Jacques, serait passé pour un affront. « Maman t'a supporté jusqu'ici, supporte-la à partir de maintenant. Vous vous aimez, c'est évident. Alors, apaise-toi, elle s'apaisera. » Au piège des formules, Pierre se sent un instant ridicule. Il se ressaisit. « Le vrai repos, c'est dans sa maison que maman le trouvera. Par toi. Et par toi seulement. Tu dis qu'elle se gave de bonbons, en cachette. Comment le sais-tu ? Tu ne fais peut-être que l'imaginer. Tu dis qu'elle grossit. Qu'elle est trop grosse pour son âge. Sa stature. Mais c'est une grand-mère. Et tu es un grand-père. Et c'est moi qui vous dis cela. » Silence. « Tu vois, je dis vous. Comme si maman était là. Elle est là. » Dans le regard de son père, Pierre lit une conscience. Mais aussi une absence totale de spontanéité. M. Dauzan ne ferait rien. Il ne pourrait rien faire. Mme Dauzan irait quand même dans une prétendue maison de repos. Pour un geste évasif. Pour une simple lassitude, usure de couple. Coupable de trop de patience. Parce que Jacques est parti et parce que depuis le départ de Jacques, la famille ne tourne plus, le pays ne tourne plus, la terre ne tourne plus. La nature elle aussi ne parle plus. Même lorsqu'en lisière de la forêt de Senlis, un instant, Mme Dauzan a l'impression qu'elle se perd et qu'il faut rentrer.

« Le docteur m'endort. C'est sa thérapie. Ça me fait toujours un petit peu peur. Instinctivement, avant, je regarde ma montre. Ses mains sont douces. Glissantes. Mais fausses. Quand je me réveille, j'ai oublié l'heure à laquelle tout a commencé. C'est comme ça, chaque jour. Après, c'est l'heure du courrier. » Pierre est heureux. Sa mère a parlé. Elle a « dit » quelque chose : les mains du docteur Gambit sont fausses. Pour un peu, je t'embrasserais, maman. Mais je ne dois pas lâcher le volant.

Vernon, sept kilomètres. 15 h 13 à l'horloge d'une mairie, à peine visible derrière un monument aux morts. Guerre de 14-18. Guerre de 39-45. Indochine. Algérie. Tous ces morts pour la patrie. On ne fait plus de différence entre les inscriptions. Les blessures de pierre se patinent vite. Il ne pleut plus. Les nuages déchirés s'enfuient. Un ciel rose et froid transparaît. Voici, à gauche, la route du Rivier.

7

C'EST une maison au bord d'un fleuve. La maison est fermée. Le fleuve est mort. Autrefois, on le voyait couler. Il miroitait au soleil couchant. Il glissait sous les brumes du petit matin. Et à savoir observer un long silence, on pouvait même l'entendre descendre vers la mer. L'estuaire n'est plus très loin. Une seule écluse, et il serait libéré. « Tais-toi, murmurait Jacques, fais comme moi. » Et Pierre imitait son frère. Assis, jambes ballantes, au bout du ponton, tête baissée, ils se laissaient étourdir par les lumières vives de l'été et les vents qui tombaient en désordre des collines.

Là, au plus courbe d'un méandre, le fleuve se heurte aux escarpements crayeux. Il se perdait, lui aussi, autrefois, en remous et tourbillons, comme le vent. Il vivait. « Ecoute », répétait Jacques en pinçant le bras de son petit frère. Pierre n'aimait pas cette douleur, mais il se taisait, apprenait à respecter ce que son frère respectait. Le plus beau jour de sa vie avait été celui où son Jacques l'avait réveillé un matin, tôt, très tôt, longtemps avant le petit déjeuner, et lui avait dit « Viens avec moi. » Pierre avait suivi son frère, étonné, ravi. Pour la première fois de sa vie, on venait de lui faire signe. De le choisir. Aussi, ce matin-là, Pierre avait-il eu peur de dire ce qu'il ne fallait pas dire, de faire ce qu'il ne fallait pas faire. Il marchait derrière Jacques, mesurant son pas, observant le silence imposé par son frère. C'était si bon, une compagnie ! Il était devenu compagnon.

Dans sa chambre, au second étage du Rivier, Jacques avait placé son lit très exactement dans l'axe du fleuve. Au milieu de la chambre. De guingois. Il était de règle, dans la famille Dauzan, de laisser les enfants libres de faire ce qu'ils voulaient. Aussi cette disposition excentrique du lit n'avait-elle fait l'objet d'aucune remarque. Jacques expliqua seulement à Pierre qu'il voulait « dormir dans le sens du fleuve pour mieux l'entendre couler en lui, la nuit. » Pierre avait imité son frère. A ce détail, M. et Mme Dauzan comprirent que Jacques venait enfin de prendre en charge son jeune frère. Et ils s'en réjouirent. Mais pas un instant l'idée ne leur vint qu'il s'agissait là d'un acte plus assumé que servile. En faisant « comme son frère », Pierre respectait surtout le fleuve. Pierre fit à cette époque-là les plus beaux rêves de sa vie. Il ne dormait plus à contre-courant.

La première balade avec Jacques avait été éblouissante. L'air était vif. Le village sortait à peine de la nuit. Pierre marchait sur la pointe des pieds pour que son pas ne résonne pas dans la rue près de l'église puis le long du cimetière. A travers champs et vergers, ils escaladèrent la colline, directement, en suivant une ligne de plus grande pente, contournant à la cime des cheminées de fées hérissées de silex. Ils débouchèrent sur le plateau au moment où le soleil se levait. Jacques venait de tendre la main à son frère. « Eh bien, regarde, c'est beau, tu ne trouves pas ? Je viens ici chaque matin. J'ai rendez-vous avec lui. » Et du doigt, Jacques pointa le soleil. « Il veut me voir avant les autres. Oh ! ça n'a rien d'exceptionnel. Il m'appelle. Alors, je viens. Et je lui dis bonjour. Dis-lui bonjour. » Pierre, essoufflé, n'osa pas répondre. « Eh bien ? — Bonjour. — Plus fort. — Bonjour ! — A la bonne heure. Aurais-tu peur de lui ? » Jacques haussa les épaules en souriant et, les mains dans les poches, se dirigea vers le bois de Silvacane. « Viens, ce n'est qu'un début. »

Aujourd'hui, le fleuve coule, mais il ne parle plus. Miroir opaque au soleil couchant, apparemment immobile sous les brumes du petit matin, il s'est enlisé. Ou bien, la ville l'a enlisé. Un égout dans un écrin. Pierre se méfie des souvenirs d'enfance toujours frémissants, lumineux. La mémoire ose à peine les restituer dans toute leur spontanéité. Et pourtant, Jacques avait une manière superbe et simple de saluer le soleil levant, de moquer ceux de la famille qui dormaient encore en bas, à l'ombre du Rivier. Jacques disait des choses belles comme « le matin, le monde entier m'appartient. » De ces mots qui paraissent insoutenables quand on est entré dans le clan des grands.

Aujourd'hui, le fleuve ne coule plus comme autrefois, majestueux et inutile. Désormais, il charrie. Les baignades sont interdites. Les carpes, les ablettes et les goujons ne se reproduisent plus. Sans doute, dans les eaux sombres et terreuses, sont-ils devenus aveugles. Le fleuve s'est épaissi, chemin de boue qui conduit à la mer. Il n'invite plus.

Entre les collines et le fleuve, le village s'étend sur deux kilomètres. Avant et après le monastère et son hameau, blottis à flanc de coteaux, les citadins ont bâti un délire de maisons, maisonnettes et maisons de maîtres entourées de parcs, jardins, jardinets et terrasses. Chacun de ces fuyards de la ville a réalisé son rêve inopportun, toujours grandiose quelle que soit la taille du bâtiment, et surtout fonctionnel. Ainsi, la route n'est plus bordée que de garages. Les villas de droite audessus des garages sont des chefs-d'œuvre de restanques, d'escaliers bordés de lilas et de massifs de marguerites. On niche sa maison le plus haut possible pour voir le fleuve. Certaines sont même flanquées contre la paroi rocheuse. Les villas de gauche, elles, en dessous des garages, sont ornées d'allées qui descendent au fleuve, et se terminent par un ponton. C'est le royaume des peupliers d'Italie, des noyers et des sapins centenaires. Le vent, à gauche de la route, se met toujours à grincer, puis certains soirs d'orage à craquer. Le vent, à droite de la route, glisse et siffle, il ne fait là que passer. Jacques s'était amusé à enseigner à son frère le tourment de ces signes et de ces sons. En riant. Car il riait de tout. Et de bon cœur. Et pour tout rendre plus inquiétant, il avait montré, à plusieurs reprises, à son jeune frère, ce missel d'enfant sur lequel, en page de garde, le paradis et l'enfer étaient symbolisés par un sentier de droite, large, plaisant, ascendant, bordé de massifs de fleurs et de toute une végétation civilisée et un sentier de gauche, sauvage, bordé d'arbustes épineux, descendant, escarpé, se perdant dans une végétation haute et obscure. Jacques se contentait alors de sourire. C'était le village. Et le Rivier était du côté de l'aventure, à gauche. Si près du fleuve que les caves, chaque printemps, étaient inondées. Si profondément dans les arbres que les volets des chambres du second étage heurtent les branches des noyers.

Autour du monastère, quelques maisons, dont celle de la boulangère, celle du marchand de couleurs et l'auberge Saint-Charles parlent encore du passé. Les moines, autrefois, avaient des vignes et faisaient du vin blanc sec qui de siècle en siècle était devenu vinaigre. Un vitrail de la chapelle figure François Ier, le nez franchement rouge. Pendant le sermon de M. le curé, Jacques donnait des coups de coude pour que Pierre regarde le « poivrot ». Pierre baissait la tête. Face aux fidèles, il ne devait pas pouffer de rire. Comme d'habitude. Il se mordait les lèvres. Et quand un goût de sang lui venait à la bouche, il regardait son frère en le suppliant d'arrêter de jouer du coude. Jacques croisait alors les bras. Les sermons de M. le curé étaient interminables. Après le déjeuner du dimanche, à l'heure de la sieste, ils iraient en cachette au Bois de Silvacane relever les pièges à vipères, traîner les troncs des hêtres morts pour barrer les sentiers et protéger leur royaume. A gauche. Mais comment peut-on du présent d'une histoire détacher les myriades de souvenirs qui en sont le nerf et le sursaut ? Le Rivier est à gauche de la route. Et M. Dauzan s'était donné pour règle de laisser la nature faire ce qu'elle voulait dans son parc, sa roseraie et ses vergers. Propriétaire de sa famille comme de ses terres, en bon patron qu'il était, il pratiquait pour tout et pour tous une bonne politique de liberté contrôlée. C'était un vrai bourgeois. C'est un vrai bourgeois. Et à le décrire au présent de l'indicatif, on pourrait se méprendre sur le destin de sa famille. Cette manière qu'il a d'exceller dans l'art confortable de diriger l'inconfort, dans l'art aimable d'être spartiate, dans l'art objectif d'être parfaitement subjectif ne devait le conduire, lui, sa maison, sa famille, qu'à une réussite parfaite et paisible. Il avait fait entrer chez lui assez de désordre et d'anticonformisme pour que les mouvements de son temps ne heurtent pas ses enfants. Ceux-là même qui après lui joueraient le même jeu. Il se trompait. Il avait oublié que tous les jeux qui touchent de loin ou de près à la vie sont des jeux de hasard.

Seul, Jacques savait inventer des jeux fous. Il s'inventait tant et tant de rendez-vous.

M. Dauzan avait peu d'amis mais beaucoup d'idées. Auteur de plusieurs essais et opuscules sur la vocation des petites et moyennes entreprises, il s'était fait mépriser du patronat. On le taxait de progressiste idéaliste, d'humaniste perdu au XXe siècle. Ses relations, pour le définir, jouaient souvent au portrait Dauzan. On le moquait, mais on avait besoin de lui. En période de crise ou de grèves, Dauzan était l'interlocuteur parfait. Aussi avait-il siégé dans nombre de syndicats patronaux. Mais il n'avait jamais milité. « Ce sont des traîtres, disait-il à ses fils, le coup en retour, un jour, sera dur. Ils croient se défendre. L'inconscience n'est gagnante que peu de temps. Aux victoires faciles fait suite une retraite définitive. » Jacques faisait alors remarquer à son père que cette « retraite définitive » ne semblait pas le concerner. « Alors, elle n'est pas pour demain. Elle n'est pas pour toi. Elle n'est peut-être même pas pour nous. Comment lis-tu le journal ? A l'envers. » M. Dauzan observait alors un silence. Un sourire se dessinait sur ses lèvres. « Ils sont très, très inconscients », avouait-il laconiquement. Président de congrès internationaux, orateur éloquent et perspicace, M. Dauzan croyait inspirer quand on ne faisait que se servir de lui pour déployer des idées élégamment audacieuses dans le ghetto des parades officielles. Il fut toute sa vie écarté du monde réel des décisions qui se prenaient hors de lui et le mettaient hors de lui sans que sa pensée du monde, du tiers monde et de la vocation de son pays ne devienne incidente. Un laboratoire international, par le truchement de sa ramification française fit un jour une offre publique d'achat des actions Dauzan. Il livra alors son dernier combat. Orgueilleux, nationaliste, la firme Dauzan ne serait pas absorbée par des étrangers. Il agit de manière aussi inconsciente que ceux qui l'attaquaient. Il sut convaincre et vaincre. L'affaire resterait dans la famille. Xavier en prendrait la responsabilité. Il se contenterait de présider le Conseil d'administration, une fois l'an. C'est tout. Il avait, disait-il, « connu trois Républiques, vingt-sept gouvernements et trente-quatre ministres. » Il se contenterait désormais de rêver à l'homme politique qu'il aurait pu être. Il écrivait. Mais il ne savait pas écrire. Son écriture était orale. Aussi, sur le conseil de Xavier, en cadeau de départ le Comité d'entreprise des Laboratoires Dauzan avait-il offert un somptueux magnétophone. M. Dauzan, boulevard Lannes, passait une heure le matin, et une heure le soir, à enregistrer des discours imaginaires, le discours de sa vie. Personne ne devait le déranger. Une secrétaire venait chaque jour et transcrivait ces textes que M. Dauzan ne prendrait jamais la peine de corriger. « Plus je me livre, plus j'ai besoin de me livrer », avait-il avoué un jour à Pierre. M. Dauzan ne pouvait aller que de l'avant. Jamais il ne s'arrêterait. Jamais il ne corrigerait. « Je suis incorrigible », précisait-il, croyant encore faire un de ces bons mots qui n'amusaient que ceux qui le méprisaient.

M. Dauzan rendait toujours visite à Pierre, inopinément, dans la petite chambre du sixième étage. Sarah prétextait alors des courses à faire et les quittait très vite. M. Dauzan attendait de son fils une remarque acerbe, une critique cinglante. Mais Pierre taisait en lui ses jugements. Mme Dauzan avait souvent répété à ses enfants « qu'on ne doit pas juger ses parents ». Tout ce qu'il pourrait dire désormais à son père ne ferait que le grandir dans ses visions, renforcer ses convictions, jouer le jeu en vase clos de son espoir. Le grand-père Dauzan avait rendu son affaire prospère entre deux guerres. M. Dauzan avait appris à tenir les rênes de cette affaire entre deux autres guerres. Et depuis la Libération, il vivait encore « entre deux guerres ». Pas un seul instant, en trente ans, l'idée ne s'était ancrée en lui que désormais, la guerre, c'était tout le temps. Partout. A tous les niveaux. Aux guerres armées, il feignait d'ignorer qu'avait succédé une continuelle guerre économique. Il avait fallu l'offre publique d'achat pour qu'il se mette à l'évidence. Il sauva l'affaire familiale. Mit sa femme en clinique. S'assura les bons services de Joseph. Et dans le calme de l'appartement du boulevard Lannes, il s'offrit le luxe de se battre encore avec lui-même. La photo de Jacques bien en évidence sur son bureau. Jacques, en tenue de simple soldat. Chauffeur de convois. Sur la route d'El Goléa. Jacques qui, élève ingénieur, avait été le seul de sa promotion à refuser de faire sa préparation militaire supérieure. Jacques qui avait voulu partir, malgré tout. Malgré son père. Et son père avait reconnu là un trait de son propre caractère. Une détermination, une fierté, un esprit de caste qui n'avaient plus de cours. Cette volonté que Jacques avait eue d'obéir aux règles de son cœur. Jacques, le Rivier, et le fleuve. Un bonheur, un temps. Il y a si longtemps !

Le garage en bordure de route est ouvert. Il n'y a que la voiture de M. Dauzan. Joseph est en train de la lustrer. Pierre arrête la voiture devant le portail. Mme Dauzan déplie son foulard et le noue autour du cou. Le soleil après la pluie. Soleil de mars, fier et froid. Joseph ouvre la portière. « Bonjour, Joseph. — Bonjour, madame. » Mme Dauzan regarde les arbres du parc. « Ce qu'ils ont grandi ! »

8

C'EST à croire que les arbres ont voulu dissimuler la maison. Impur chef-d'œuvre des années 30, le Rivier est un modèle d'architecture hétéroclite. Un toit de tuile verte, en pignon et à clochetons d'angle, une manière fière et frileuse de s'élever trop haut, trop près du fleuve. Et cette façade sur laquelle se mêlent colombages façon normande et mosaïques allégoriques. Le printemps, l'été, l'automne et l'hiver, ornent de leurs motifs multicolores les pourtours des fenêtres et des portes. La façade nord de la maison où se trouve le perron et l'entrée, c'est l'hiver, des cygnes sur un étang glacé, les premiers frimas, le vent et la neige sur un hameau de montagne. La façade ouest donne sur le fleuve. Une véranda, où tout parle d'automne et de vendanges. Les mosaïques au soleil couchant brillent de couleurs nostalgiques. Au-dessus de la véranda, la terrasse de la chambre de M. et Mme Dauzan, ornée d'une pergola que les Allemands ont en partie détruite pendant l'occupation de la maison. Une pergola en ruine sur laquelle pleurait une glycine. La glycine est morte. Ne restent que les troncs qui enlacent les portants de ciment. Au midi, les fenêtres des salons, et au premier étage les fenêtres des chambres d'amis parlent toutes de l'été. Bacchus et les moissons. A l'est, en contrebas de la route, les fenêtres aux verres dépolis des cuisines et de l'office et au premier étage, celles des chambres de Françoise et de Sylvie. C'est le printemps. Les arbres en fleurs et les cigognes. A l'ordonnance des fenêtres, il faut adjoindre la désordonnance des ouvertures commandées par Mme Dauzan pour aérer, illuminer chaque salle de bain. Car, à l'origine, le Rivier n'en comprenait qu'une. Immense, froide et inutile. En principe commune. Aussi, chaque chambre avait-elle été tronquée d'une partie de sa superficie et la façade crevée de petits yeux qui tenaient du soupirail et du hublot de paquebot. Ce qui ajoutait à l'étrangeté du Rivier. Mais personne n'osa jamais en faire la remarque à Mme Dauzan « qui aimait tant sa maison ». Chacun avait « sa » salle de bain, dans « sa » chambre. L'eau chaude coulait à flots. Un carrelage à fleurs assorti aux dessus-de-lit et aux rideaux entourait chaque baignoire et chaque lavabo. Et, détail important, Mme Dauzan avait sacrifié sa collection de cafetières et de vieux fers à repasser. Tout avait été monté en lampes. Les lustres avaient été supprimés. Elle commença alors une collection de tables de nuit Restauration. C'était la mode. C'était à l'époque où Pierre fut autorisé à porter des pantalons longs. Il ne porta d'ailleurs que ceux, usés, de Jacques. L'opulence calcule étrangement ses dépenses. D'un regard ambigu et multiplié, la façade du

Rivier disait cela, hardiment. Oui, les arbres ont grandi, maman, c'est fou ce qu'un arbre ça grandit, en douze ans.

« Dans cette maison, disait Jacques, les quatre saisons tournent autour de nous. Les repas sont les mêmes, été comme hiver. Sylvie à gauche de papa, Françoise à droite, toi à gauche de maman et moi à sa droite. Et Denise, enrhumée d'un bout de l'année à l'autre. Et l'eau chaude des bains toujours aussi chaude, et les espoirs de papa, toujours aussi vifs. Dans la maison, il n'y a plus de saisons. Je me méfie. Et si tu veux un conseil, méfie-toi. Viens. On nous attend à Silvacane. »

La vérité, quand elle jaillit du passé, paraît toujours enjolivée. Le chef-d'œuvre est impur. En devinant la façade du Rivier entre les branches des arbres, Pierre a compris ce que Jacques n'avait jamais pu lui faire comprendre. Il y a des lieux de bonheur qui sont en fait des lieux de massacre. « Et chez nous, il voulait dire dans notre type de famille, tout se passe en coulisses. On ne voit jamais les meurtres. Mais on en parle. Le sang coule, mais on ne le voit pas. Les blessures s'ouvrent en dedans. Et les poignards se plantent du dedans. Nous naissons avec. Dans des berceaux de dentelle. Notre nounou aurait dû s'appeler Cachou ou bien Aspirine. Les maux des autres ont créé les nôtres. — Pourquoi ne dis-tu pas ça à papa, un jour ? — Il ne comprendrait pas. Et puis d'ailleurs, il le sait. C'est son malheur. Pas sa souffrance. Malheur, c'est un drôle de mot. C'est comme bonheur, mais à l'envers. Tu vois, je retourne ma veste, c'est comme ça. Le malheur, c'est quand on voit les doublures de tout. »

Les buis qui bordent l'allée qui descend au fleuve ont poussé. Ce sont des arbustes. Entre les dalles de pierre, la sagine est devenue épaisse, moelleuse. Mme Dauzan prend garde de ne pas tomber. Pierre lui tient le bras. Joseph les suit avec la valise.

M. Dauzan est sorti sur le perron. Il met les mains dans les poches de son veston d'intérieur. Il ne bouge pas. Il attend. Il est sorti. Ça suffit. Il se demande comment il doit saluer son épouse, devant Pierre. Il a déjà oublié. Comment faisait-il, autrefois ? M. Dauzan se rend compte brusquement qu'il n'a pas rencontré son fils en présence de Mme Dauzan depuis si longtemps ! Quatre ans, cinq ans ? L'O.P.A., c'était quand, déjà ? Tiens, Pierre s'est fait couper les cheveux. Et puis, il faudra lui acheter des cravates. Ou bien non, je lui en donnerai quelques-unes. Joseph les lui apportera. Il faudra que je demande à Joseph de me le rappeler. Et surtout ne pas parler de Sarah. Elle est bien gentille, mais il ne devrait pas vivre avec cette fille-là. Ou bien si, qu'il fasse ce qu'il veut. Il a mauvaise mine. Comment ? Il n'a pas pris de bagages ? Il a oublié le cadeau qu'il doit faire à la marraine ? Gérard sera là.

Je lui parlerai. Il doit parler à Sylvie. Françoise est en retard.

Mme Dauzan s'arrête. Au milieu de l'allée. Elle dit à Joseph de « passer devant ». Elle sourit à Pierre. « Je ne suis pas pressée. Je veux regarder. J'ai peur de tomber. Tu te souviens, la sagine ne poussait jamais. Combien de fois avons-nous dû en replanter ! Et maintenant, nous ne venons plus, elle pousse. On ne peut plus marcher. Il faudrait l'arracher. » Pierre fait un signe à son père. Mme Dauzan serre son sac dans les bras. « C'est beau, dit-elle, mais il n'y a plus de ponton. » Mme Dauzan tend son sac à Pierre. « Tiens, prends-le, regarde. » Elle s'approche du buis, en arrache une branche. « J'en mettais dans toutes les chambres, tu te souviens, du bénit. » Puis elle revient vers Pierre et lui prend le bras. « Allons. » Elle a fait attendre M. Dauzan. Pierre est heureux. Elle l'a fait volontairement.

Les nuages se sont effacés. Un soleil nimbé jette des rayons obliques. Une lumière orangée perce les arbres, illumine faiblement le Rivier. M. Dauzan est descendu d'une marche. Prenant appui sur Pierre, Mme Dauzan regarde tout autour d'elle. Elle marche lentement et Pierre n'arrive pas à accorder son pas avec celui de sa mère. Un pas chavirant. Hésitant. Est-elle aveugle ? Non, le parc, son parc l'émerveille. Entend-elle les cris de Sioux de Jacques, à la cime des noyers, du temps des cabanes, le bruit des parties de tennis au fond du potager, l'été ? Le bruit des balles qui rebondissent, les cris à la fin des sets ? Françoise qui appelle sa mère « Maman ! maman ! Sylvie est encore partie avec ma bicyclette » ? La beauté d'un lieu, on la porte en soi, n'est-ce pas ? Sarah, cette fois j'ai peur. Mon père va retrouver ma mère, devant moi.

M. Dauzan se penche, tend la main. En haut du perron, il prend sa femme par les bras et l'embrasse sur les joues, maladroitement. Comme un petit garçon timide embrasserait une petite fille qui ne sait pas encore, ou bien qui ne sait plus déjà. « Bonjour, Clara. »

9

CLARA. Un prénom ressurgi. Le cœur sait calculer et s'accroche où il peut, de peur de chute libre. Parfois. Une prise. Maman a légèrement penché la tête, un peu comme si elle allait poser la tête sur l'épaule de papa. Maman, papa, que le texte de cette fête leur soit dédié. « A mes parents, mes enfants. » Mais que pourrais-je dire de plus ? Un espoir ne s'écrit pas. Et s'il s'écrit, on perd injustement tout espoir de le voir naître un jour. Sortir de la gangue de ce que M. Dauzan appelle « la perte de toute spontanéité ». Voici Clara. Face nord de la maison. L'hiver. Pierre croit un instant que son père va accueillir le regard et le geste de sa mère. Non. Il se détache d'elle, prend les devants, entre seul, en premier, dans sa maison, en propriétaire. Comme avant. Comme toujours. Le cœur en bandoulière, pour ne pas avoir trop à en souffrir. Comme un chasseur solitaire. Le cœur bredouille, résigné à toute chasse pour ne rien rapporter. Le cœur glorieux. Et Clara pour ne rien laisser paraître le visage penché, du même mouvement, imperceptiblement tourne la tête. Dommage. Hommage. Elle regarde le couchant.

Cligne des yeux. « Il n'y a plus de ponton, le fleuve a dû l'emporter. »

Voici le théâtre des aveux. Démagogue mais sincère. Démagogue et sincère. L'un va de pair avec l'autre quand le lieu a retrouvé son unité. Par caprice de propriétaire. Oui, le fleuve a emporté le ponton et M. Dauzan s'est esquivé. Tout doit se dérouler mais rien ne doit se briser. Les cris de coulisses ne seront pas entendus. Le visage tendu, Clara aurait voulu se reposer, comme par le passé. Mais passé y a-t-il eu ? Les enfants croient toujours que leurs parents ont été amants. Des amants merveilleux. Jacques avait écrit à Pierre « J'attends des humains des qualités qu'ils n'ont plus. D'ailleurs, les ont-ils jamais eues ? D'autres que moi ont dû faire les mêmes rêves. C'est pour ça que j'y crois. Mais ne fais pas comme moi. Ou bien si, fais comme moi, car cela ne se commande pas. Je suis né à part. A côté. Pas au-dessus. Je suis le contraire d'un demi-dieu. Je suis un homme parallèle. Curieux. Et anxieux. Et tu es né à part, comme moi. Mais en tout lieu je passerai le premier, avant toi. C'est mon devoir d'aîné. Ecris-moi. Il y a de grandes poches dans ma vareuse pour garder tes lettres. Donne-moi des nouvelles du chien. Tu ne m'en parles plus. Pourquoi ? Et les filles, comment sont-elles, tes filles ? Mets les bouchées doubles, pour moi. Sinon, je vais devenir poète. Salut, petit frère. »

Mais c'est une fête, Pierre, une fête. Pourquoi vois-tu tout triste, couleur de couchant ? Clara a dit « Restons là, veux-tu, un instant. Il fait bon, je me sens bien. J'avais oublié cet acacia. Et puis regarde, on ne voit plus le gravier. L'herbe a poussé. C'est plus joli. Mais c'était beau quand c'était ratissé. » Le perron longe la maison, donne également accès à la véranda. C'est l'autre entrée. Autrefois, on prenait le café là, en surplomb du fleuve et du ponton. C'était le centre de gravité de toute la vie de la maison. Il y avait une table en rotin et de grands fauteuils dépareillés, confortables, dans lesquels on s'enfonçait en faisant tourner une cuillère d'argent dans une tasse qu'on osait à peine prendre du bout des doigts car le café était servi bouillant. Il fallait attendre. En silence. On s'amusait même à ne pas prévenir les rares invités de passage. Ils se brûlaient la langue. Jacques trouvait ça « marrant ». « Tu vas voir, disait-il à Pierre, ils n'ont qu'à ne pas venir. C'est chez nous, ici, rien que pour nous. »

Comment dire à maman que Jacques est avec nous, là, en ce moment, avec moi et en moi ? Parce qu'il est le Rivier et le fleuve, parce que les arbres du parc ont poussé comme les cheveux et les ongles d'un mort poussent encore après la mort. Jacques avait l'écorce d'un humain. Il m'a vidé le cœur. Il a vidé le tien. Comment te le dire ? Je voudrais tant que tu sois complice de ce temps que nous allons passer ensemble ! Aujourd'hui. Demain. Drôle d'idée. Idée morbide. On baptisera le bébé. On me demandera de renoncer à Satan, en son nom. On te demandera de renoncer à Satan, en son nom. Drôle de rite. Drôle d'histoire. Et puisque je suis le parrain, et toi, Clara, maman, la marraine, pourquoi ne pas nous rendre complices de l'événement de ces deux journées ? Moi aussi, je voudrais poser ma tête sur ton épaule. Te dire et t'entendre dire les mots qui font du beau, qui font du bien. Comme autrefois, quand tu me consolais en te consolant, pour un mauvais carnet de notes au lycée, ou bien parce que papa ne disait jamais rien. Rien. Interdit de parler à table. Interdit de donner son avis. Interdit de critiquer ses parents. Et en dehors de ça, vous êtes libres, mes enfants. Qui peut comprendre notre langage interdit ?

Tu regardes l'acacia. Tu t'étonnes. Tu l'avais oublié. C'est un arbre sauvage, désormais. Nous l'avons laissé seul, avec les autres. Nous avons refermé cette maison comme un cercueil, et ce parc comme un cimetière. La mort est vivace. Elle grandit. Nous avons laissé Jacques seul, ici. Nous lui avons fait cadeau de cette maison. Il est peut-être parti avec le fleuve et le ponton. Mais le fleuve coule-t-il encore ? Regarde-le, on dirait un étang. Et cette odeur de vase, nous ne la connaissions pas. Parle-moi et je te parlerai. Dis-moi le premier mot, le mot qu'il faut, et alors seulement j'oserai. Où es-tu, toi aussi, dans quel parc ? Dis-moi ce que te dit la forêt, en lisière, près de Senlis, à l'heure de tes promenades. Tu me tournes le dos. Tu regardes le fleuve, la véranda. Tu te demandes où est la table en rotin et les fauteuils. Ils ont dû moisir, à la cave. Et pourquoi la porte est-elle fermée ? Papa est dans la véranda. Il s'est assis. Il te tourne le dos, lui aussi. Il lit un journal. A l'envers. Il commence toujours par la dernière page. Il n'aime pas ce qu'il lit. Il n'aime pas les nouvelles. Il attend que les autres arrivent. Il se sentira moins seul pour t'accueillir et te parler. Ou bien aura-t-il l'excuse de leur présence pour ne plus vraiment t'accueillir et te parler. Il est venu. Il t'a attendue sur le perron. Il t'a embrassée sur les deux joues. C'est tout. Mais pour lui, c'est beaucoup. Tu le sais. Et cela te fait sourire. Retourne-toi, regarde-moi, je voudrais voir si tu souris. Un peu. Un tout petit peu. Faiblement. Dans le fond, tout cela est amusant. Nous jouons tous au chat et à la souris. Je m'approche de toi. Mais oui, tu me regardes. Tu souris. Tu as compris. Chacun de nous a peur de se donner de peur de perdre le peu de ce qu'il lui reste. Jacques est parti avec nos bagages. Tu seras la marraine. Et mon cadeau, le voilà. Je suis là. Tu es là. Je ne peux plus rien pour toi. Tu ne peux rien pour moi. Tu attends des humains des qualités qu'ils n'ont plus. J'attends des humains des qualités qu'ils n'ont pas. C'est comme ça. C'est drôle. Nous avons tous appris à ne plus prêter aux autres ces qualités qu'ils n'ont pas pour pouvoir les aimer. A ce petit jeu, nous nous sommes blessés. Toi, Clara, et moi ton fils. Et avant toi, qui d'autre ? Et après moi, personne. Dans ma classe, je ne suis qu'un infirmier. Je ne fais rien de ce que je devrais faire. Je leur donne un vrai lieu, c'est tout. Une vie. Un sursis. Tu t'approches très près de moi. Tu poses ta tête sur mon épaule. Cette fois, tu te trahis. Le texte de ce temps que nous passons ensemble, je te le dédie plus particulièrement « A ma mère, son fils, son mari, son amant. » Je joue le jeu. Comme pour le bal que tu as donné pour Françoise et ses sacrés dix-huit ans. Jacques avait invité un seul de ses camarades de promotion. Xavier. « C'est le moins con, mais il est encore très, très con. » Nous jouons. Nous avons toujours joué. « Tu as les mains froides, maman, il faut rentrer. »

L'odeur réanimée du Rivier. Une odeur de parquet ciré et de cuir de Cordoue. Nettoyés, les fauteuils de l'entrée ont poussé un soupir. Denise a même astiqué les chandeliers. C'est la première chose que tu remarques. Je t'aide à retirer ton manteau. La robe est tachée. L'ourlet est décousu. Cette fois, je te le fais remarquer. Tu dis que ce n'est pas grave. Tu lèves le bras, tu me pinces la joue, gentiment. Comme si j'étais encore un enfant, et tu précises « Aucune importance, Pierre, je ne le vois pas. — Mais, maman... — Ne t'en fais pas, je vais changer de robe. Dis-moi tout, sauf des choses comme ça. » Il y a dans ton regard une lueur vive et fière. Tu es revenue chez toi. Les objets font d'eux-mêmes l'inventaire. Et chaque objet raconte une histoire. Le vestiaire en bambou qui croulait de manteaux en hiver, de chandails et de châles en été. Le tapis dans lequel Mme Lalanne s'était, un jour de visite, pris le pied. Elle était tombée de tout son long. Et Jacques et moi, nous avions ri de bon cœur.

Et toi, tu te mordais les lèvres pour ne pas rire parce que papa nous regardait, furieux. Personne ne se baissait pour la ramasser. La ramasser. Mme Lalanne ! Comme une chose. C'était une chose. En visite. Quel ennui ! « Si nous faisions le tour de la maison. La visite. Fais comme si je n'étais jamais venue ici. Explique-moi. »

La cuisine. Denise prépare un gâteau. « Madame Clara ! Mais je ne vous ai pas entendue arriver ! » Denise essuie ses mains sur son tablier. Elle embrasse Mme Dauzan. Elle dit que l'hiver a été long. Qu'il fait encore froid. Qu'elle a fait ce qu'elle a pu pour mettre la maison en état. Et merci pour le cadeau de Noel. Quel cadeau ? Mme Dauzan ne dit rien. Joseph a été gentil. Ils sont allés au supermarché et ils ont acheté tous les produits d'entretien. Les prix ont augmenté. « Que puis-je faire pour vous aider ? — Un bon gâteau, Denise, un très bon gâteau. — Monsieur m'a dit sans sucre. Madame Clara. J'en ai tout de même mis un petit peu. Et puis de la cannelle. — Faites un gâteau, Denise, un vrai. » Mme Dauzan regarde Pierre. Me ressemble-t-il ? A son père ? Jacques était si différent ! Alors à qui ? Non, c'est un autre. Un autre. « Denise, nous vous laissons, nous visitons la maison. »

Mme Dauzan ouvre la fenêtre de sa chambre. Puis elle ferme la porte qui donne dans la chambre de M. Dauzan. Joseph a posé la valise sur le lit. Denise a mis un bouquet de jonquilles sur le bureau, dans le recoin, près de la salle de bain. Mme Dauzan ouvre instinctivement les tiroirs du bureau. Il y a des enveloppes. Du papier à lettres. Un plumier. Son plumier de petite fille. Et une bouteille d'encre. Une encre qui a attendu douze ans. L'encre avec laquelle elle a répondu aux lettres de condoléances. Elle referme le tiroir du bureau. Pierre l'a vue. Pierre a compris. Elle sourit. Elle préfère jouer. « Et ça, c'est la chambre de qui ? — De Clara. De ma mère. — Eh bien, Clara a beaucoup de chance. C'est une très belle chambre. Très confortable. C'est tout ce qu'il y a à voir dans cette maison ? — Mais nous avons fait le tour complet, maman. Et tu devrais te reposer. Les autres vont arriver. » Mme Dauzan ouvre sa valise. Puis la referme. « Je veux porter ce soir une autre robe. Viens. Tu vas choisir, pour moi. »

« Celle-ci, tu la portais le jour où papa a été décoré de la Légion d'honneur. — Non, pas celle-ci. — Et celle-là, tu te souviens ? Sylvie te l'avait volée. — Pas celle-là. — Alors, tiens, la bleue. — Elle est démodée. — Alors, choisis. — Comment ai-je pu porter toutes ces robes ? » Une à une, Mme Dauzan ouvre toutes les housses de plastique. « C'est incroyable. » Du bout des doigts, elle fait l'inventaire. Elle les passe en revue. « Et puis, je n'aime pas cette odeur de naphtaline. » Elle referme le placard de la penderie. « Non, je choisirai toute seule. Je te ferai une surprise.

Peut-on encore te faire des surprises ? A toi ? — Mais maman... — Va chercher du fil et une aiguille. Apporte-moi mon sac et mes lunettes. Et si je ne peux plus entrer dans aucune de ces robes, alors je garderai celle-là. Mais elle sera propre. Promis. Tu me regarderas, n'est-ce pas ? » Silence. « Allons, va vite. »

10

Toutes les chambres ont été mobilisées, briquées. Pierre croise Joseph sur le palier du premier étage. Joseph, de chambre en chambre, ferme toutes les fenêtres. « Comme ça, il fera chaud à leur arrivée. » Il a dit « leur » de manière neutre ce qui dans son langage est méprisant. « Ce sera l'invasion, monsieur Pierre. Votre père m'a même fait acheter des lits d'appoint pour les plus petits. » Silence. Il referme les portes sur le palier et dit à mi-voix, comme si M. Dauzan était là, tout près, à les écouter « Moi, quand j'étais petit, je dormais dans un grand lit, avec mon frère et ma sœur. On se battait toujours pour savoir qui ne serait pas au milieu. C'était amusant. — Et la chambre de Jacques ? — Elle est fermée, monsieur Pierre, j'ai pensé que... Mais si vous voulez la clef, tenez. »

L'escalier devient droit, pentu. Une odeur de renfermé, de poussière et de pitchpin. L'air ne monte pas jusque-là, tout en haut, sous le faîte du toit. Il fait froid. Les chambres du haut ne sont pas chauffées. Sans doute étaient-elles destinées aux domestiques. Une lampe à nu qui pend au plafond, un petit palier carré. Une porte à droite : la chambre de Pierre. Il y a un autre bouquet de jonquilles sur la table de nuit. Le lit est ouvert, préparé, et le drap, en triangle, sent le bleu d'Arménie. Denise a disposé un pyjama, bien à plat. Par ironie, et par principe. Elle disait souvent par jeu « Ah ! Madame, si je n'avais qu'à laver des pyjamas des garçons, je n'aurais rien à faire. » La porte de gauche. La clef d'abord. Petite, mesquine, carrée et sans découpe. Une clef de poupée, pour le principe de fermer. Puis la porte grince. L'obscurité. Pierre branche la lumière. Pas de lumière. Pas de plafonnier. Pas de lampe. Jacques s'éclairait aux bougies. Juste le temps de lire et de se coucher. Ou bien le temps des confidences, lorsque Pierre venait s'asseoir par terre, au pied du lit, en tailleur, les mains sur les genoux, bien droit. Jacques aimait la nuit. Il prétendait tout voir, la nuit, comme les chats. Il disait « Tu n'as qu'à attendre. Il y a des coins sombres moins sombres que d'autres coins sombres. » Il riait. Dans ses dissertations françaises, on lui reprochait souvent ses répétitions, ses redondances. Ça l'amusait. En parlant, il se vengeait. « Alors, tu attends, tu observes la nuit, calmement, et bientôt, tu vois tout, ou mieux encore, tu devines tout. C'est plus beau qu'en plein jour. Ce sont les objets qui te parlent et non toi, aux objets. La nuit, tout vient vers toi. Les hommes vivent le jour, et les objets vivent la nuit. Moi, je vis tout le temps. » Et il soufflait la bougie. « Assez parlé pour ce soir, petit frère, va te coucher. Demain matin, je te réveillerai. Silvacane nous attend. Et le soleil n'aime pas qu'on soit en retard au rendez-vous. » Pierre regagnait sa chambre, pieds nus, précautionneusement. Le parquet du dernier étage n'était jamais ciré. On le passait au Crésyl et à l'eau de Javel deux fois l'année. C'était tout. Un parquet à nu, plein d'échardes. « C'est sa manière de te parler. Lève les pieds. »

A tâtons, Pierre trouve l'espagnolette, l'actionne, tire sur la fenêtre. Le bois a joué. Il tire d'un coup sec, lève le crochet d'un coup de poing, fait claquer les volets. Mais le volet gauche se cogne à une branche. Pierre se penche. Il veut pousser, casser s'il le faut. La fenêtre doit être ouverte, impeccablement. Puis il entend Jacques lui dire « Laisse. C'est très bien comme ça. » Jacques disait toujours « Laisse, c'est très bien comme ça. » Pierre se retourne. Le lit a été repoussé contre le mur. Le fleuve est mort. Il ne parle plus. Jacques est mort. Il parle encore.

Pierre se sent alors comme un géant dans une maison de nain. Lui aussi, sauvage, a grandi. Il baisse la tête de peur de se cogner au plafond mansardé. Sur la table, près du lit, il y a quelques livres. *Le Tour du monde de Corentin*, *La Symphonie pastorale* dans la Collection du Livre de poche, et *Vercoquin et le Plancton*, sali, usé, sans couverture, avec en page de garde la mention « ce livre a été volé à Jacques Dauzan ». D'autres titres ? Pierre n'ose pas regarder. Il remet les livres en place. Tous ces livres dont Jacques lisait à mi-voix les chapitres préférés quand, exaspéré par le silence des dîners, il décidait de monter se coucher tout de suite après le dessert. « Je vais dormir », disait Jacques. « Moi aussi », disait Pierre d'une voix trop claire. Mme Dauzan souriait. M. Dauzan faisait semblant de ne pas entendre. Françoise et Sylvie jouaient au loto. Dans quelques minutes, elles se chamailleraient. « Tu triches tout le temps », dirait Françoise. « Et toi, tu ne triches jamais », répondrait Sylvie. « C'est pas drôle. »

Pierre s'assoit sur le rebord du lit. La tête dans les mains. Il sent brusquement tout le poids de son corps. Un poids qui le tire vers le bas. Ecrasant. Il pense à Sarah et sans elle, il se sent nu, immobile. Comme un objet mort qui ne connaîtrait même plus le langage des ombres et des nuits. Un objet dépareillé. Pesant. C'est donc ça, l'amour de Sarah, sa compagnie. Un mouvement à deux. Il l'entraîne, elle l'entraîne, ils deviennent légers, allants, ensemble. Et il me faut encore passer un jour entier avec eux. Ici. Chez toi, Jacques. Et je suis là, de tout mon poids. Inutile. Paradant. J'aurais tant voulu que tu connaisses Sarah ! Avec elle, je m'oublie. Tout comme je m'oubliais avec toi.

Alors, Pierre pousse le lit. Le remet dans l'axe du fleuve. S'allonge. Et les mains derrière la nuque, il observe le plafond, il écoute le parc. Denise vient d'apporter du fil et une aiguille à Mme Dauzan. Elle parle à Joseph sur le palier du premier étage. Une odeur de gâteau chaud monte de la cuisine. Pierre ferme les yeux. Et lentement, il devient le ponton et le fleuve. Il s'endort.

11

PIERRE fait un rêve. Des oiseaux fous viennent se poser sur le rebord de la fenêtre. Des merles ? Des oiseaux de proie ? Ils ont des becs crochus. Ils crient. Ils sont comme hypnotisés par le lit. Ce n'est qu'un rêve, Pierre, ce n'est qu'un rêve. Et Jacques t'a bien appris à ne pas les oublier. « Je dis la nuit ce que je ne dis pas le jour. Je fais la nuit ce que je ne fais pas le jour. Si tu veux apprendre à te connaître, observe tes rêves en les faisant et garde-les précieusement. Comme ça, tu vivras deux fois plus que les autres. Compris, petit frère ? — Compris. »

Les oiseaux se sont envolés. Pierre glisse un peu au fond du lit. Mais pourtant, je suis sur le lit. Mais il faut que je me glisse plus encore. Un sentiment douillet l'envahit. Puis charnel. Il relève les draps. Mais pourtant, je suis sur le lit. Et ce drap est aussi doux qu'une peau. Plus doux qu'une peau. Ce n'est plus mon corps, plus ma peau. Je suis Jacques. J'ai glissé en lui. Je veux connaître les rêves qu'il a faits. Je veux vivre deux fois sa vie. Je veux tout savoir de lui. Je bondis. De la cime des arbres, en bas, dans le parc, ils ont l'air tout petits. Des fourmis. Et le vent ici me claque au visage. Maman a peur que je tombe. Pierre est derrière moi. Maman a doublement peur. Pierre est en contrebas. Il n'a toujours pas compris qu'on grimpait aux arbres avec le vent. Pour le vent. Viens. La boulangère se met les doigts dans le nez. Le parfum de ses glaces est synthétique. Un jour, j'en achèterai une et je la lui écraserai en pleine figure. Elle sera obligée de se lécher, comme un chat. Viens. Trois vipères. Eh bien quoi, n'aie pas peur. Je vais jeter l'orvet. Attention, regarde. C'est comme ça qu'il faut les prendre. Pierre est Pierre. Pierre est Jacques. Pierre fait désormais les questions et les réponses. Il rêve. C'est bon. Il a des poils et de la barbe. Comme Jacques. Il se rase chaque matin. Comme Jacques. Au rasoir mécanique. Il fait mousser. Mousser. Il se regarde dans le miroir. Il a rendez-vous avec Marie-Jo, Sonia ou bien Catherine. « Tu piques, Jacques. — Elle n'aime pas les mecs qui piquent, Pierre, elle est pour toi. — J'en veux pas. » Puis les oiseaux fous reviennent sur le rebord de la fenêtre. Pierre ne comprend pas son rêve. Il décroise les bras et se retourne sur le matelas.

Cette fois, il plane. Les bras le long du corps. Le visage tourné vers la gauche. Vers la fenêtre. La branche du noyer est entrée dans la chambre. Comme dans un rêve. Mais c'est un rêve. Ne l'oublie pas. Pierre sourit. C'est le sourire de

Jacques. Ce petit frémissement de la lèvre supérieure. Ce quelque chose dans le regard qui se pince. Pierre était tellement différent de son frère ! « D'ailleurs, les parents nous ont volés. Nous ne leur appartenons pas. Ils nous ont trouvés sur la colline, ou bien à Silvacane en cherchant du muguet. Moi en premier. Toi en second. Quand les Allemands occupaient la maison. C'est pas vrai, mais c'est vrai quand même puisque je le dis, là, maintenant. »

Pierre s'envole. Comme un planeur. Il ira jusqu'à l'écluse. Il suffit de suivre le fleuve. Retrouver le ponton. Jacques en a fait un radeau. Le radeau Corentin, pour faire le tour du monde.

Pierre se débat. Change de position. Il se recroqueville. Il cherche le chaud. La confidence. La nuit tombe. Jacques éteint la bougie. Cette fois, il parle encore. Il dit un poème par cœur. Mais Pierre n'entend plus les mots. Pierre ne comprend plus. Il ne veut plus écouter. Il veut une seconde, une seconde seulement de sommeil creux, dans la peau de Jacques, pour se sentir comme Jacques. C'est un jeu dangereux. C'est un rêve. Et ce rêve-là, je te le promets, Jacques, je ne l'oublierai pas.
Le lit se creuse et m'ensevelit. Le vent arrache le toit et les clochetons d'angle, tout d'un coup. Me voilà à découvert. D'autres vents se précipitent et se jettent comme des fous du haut des collines. Personne ne va plus au bois de Silva-

cane. Et le soleil t'a oublié. Personne n'a taillé les rosiers, au fond du jardin, depuis des années. Les roses désormais sont rares, mais superbes. Il paraît que tu interdis de les cueillir. Je me suis glissé en toi comme dans mon premier pyjama.

La nuit est tombée. Fin de rêve. Eveil. Pierre s'étire, ouvre les yeux. M. Dauzan est là, sur le palier. Bras croisés. Il regarde son fils.

12

« Je te cherchais. Je t'attendais, en bas, dans la véranda. » M. Dauzan reste sur le pas de la porte. Autrefois, Pierre se serait levé d'un coup, par crainte du père, par règle aussi. Ce soir, il ne bouge pas. Il reprend sa position initiale, allongé sur le lit, les mains derrière la nuque. Il voit son père à contre-lumière de l'ampoule qui pend à nu, sur le dernier palier du Rivier. Un être voûté, vigoureux. Une manière lasse de laisser tomber les bras le long du corps, quelque chose de légèrement brisé dans le buste, de chaviré dans les épaules. Le tout hissé, rattrapé par le port du menton et du front, altiers. C'est lui. Le maestro du drame qui se jouera ce soir, demain, noué d'emblée. Et qui ne se dénouera pas. Un dernier drame, avec les acteurs au grand incomplet. Puisqu'ils manqueront tous. Sauf un. Le seul. Le vrai. « Que fais-tu là ? » M. Dauzan a murmuré ces mots en veillant trop bien à ne laisser paraître aucun reproche. Il est vexé. Pierre n'est pas venu lui parler, tout de suite. Il est blessé. « Qui t'a donné la clef de cette chambre ? » Pierre voudrait mentir. Comme autrefois. Les mensonges ont toujours eu cours avec M. Dauzan quand ils calmaient sa conscience du moment. Pour son principe. « Entre donc, papa, de quoi as-tu peur ? De qui ? J'ai aussi peur que toi, si tu veux le savoir. — Ferme les volets, ferme la fenêtre. Repousse le lit contre le mur. Rends-moi la clef. » Pierre se lève d'un bond. Tire les volets, referme la fenêtre, pousse d'un geste vif le lit contre le mur, referme la porte. M. Dauzan descend d'une marche pour faire place à son fils. Pierre tourne la clef dans la serrure et la tend à son père. « Eh bien, prends-la. » Pierre sourit. « Prends. C'est bien à toi, n'est-ce pas ? » Pierre laisse tomber la clef sur le palier. « Peut-être préfères-tu la ramasser ? » Pierre ramasse la clef et la remet dans la serrure. Puis il défait le nœud de sa cravate, ouvre le col de sa chemise. Retire sa veste et jette le tout sur le lit de sa chambre. « Autant que je m'en souvienne, tu n'étais jamais monté ici. Alors, pourquoi ce soir ? — Je t'attendais. En bas. Tu le savais. Que t'a dit le docteur ? Je suis très inquiet pour ta mère. » Pierre recule d'un pas, se laisse glisser le long du mur, s'assoit par terre. Il se donne des coups de poing dans le creux de la main. Un coup, deux, trois, puis il ne les compte plus. Il relève le visage. Son père est là, en pleine lumière, cramponné à la rampe, le regard doux, trop doux des violents qui regrettent si vite leurs violences. « Pourquoi es-tu si dur avec moi, Pierre ? — Pourquoi es-tu si dur avec toi, papa ? — Entrons dans ta chambre, veux-tu ? — Je suis très bien là. Ce que nous avons à nous dire, nous nous le dirons très bien là. Devant la clef. » Pierre hausse les épaules. « Tu me demandes qui me l'a donnée. Mais tu le sais. C'est Joseph. L'autre papa. Avec Denise, l'autre maman, ils formeraient l'anti-couple papa-maman parfait. Le couple pyjama-jonquilles-clef-interdite. — Je ne comprends pas. Calme-toi. — Tu voudrais bien te calmer, n'est-ce pas ? Quel âge avais-tu donc quand tu avais mon âge ? — Je ne comprends toujours pas. — Tu ne comprends que ce que tu veux comprendre. » M. Dauzan se retourne. Descend d'une marche. Vertige. Il se ravise. Les autres vont arriver. Il faut que Pierre l'écoute. « Ecoute... » M. Dauzan regarde Pierre. Il voudrait tendre la main. Dire pardon d'un geste. Mais Pierre baisse les yeux. Pierre regarde ses chaussures. « Elles sont sales, dit Pierre ; les chaussures de Xavier, elles, seront rutilantes pour le dîner. Et moi, je ne me changerai pas pour le dîner. Je ne me changerai pas. Ça veut tout dire. » Pierre relève la tête. Trop tard. M. Dauzan se sent impuissant de faire le geste qui l'aurait arraché à lui-même. « Eh bien, murmure Pierre, je t'écoute. Toutes portes fermées. »

Immobile, M. Dauzan attend. Tout en lui se tait. Ou bien rugit, confusément. Bouche cousue, il ne peut plus parler. Trouver le mot qui briserait tout, l'épancherait. « Je... » Il reprend sa respiration. Il a l'impression qu'il va tomber. Il a dit le mot qu'il ne fallait pas, instinctivement. Il s'assoit sur la dernière marche. Il regarde la chambre de Pierre. La cravate et la veste qui tombent du lit. Il remarque le bouquet de fleurs sur la table de chevet. Le même bouquet que... Il se demande comment il pourrait bien sortir de lui puisque tout le ramène vers lui. Plus il donne, plus on se refuse. C'était donc ça, les jonquilles du second couple papa-maman. Maintenant, je comprends. Il dit à voix haute « Maintenant, je comprends. — Quoi ? » La voix de Pierre est trop dure. Il ne peut pas répondre. Mais il restera. Il faut qu'il reste. Il doit parler. Et Pierre doit répondre. Devoir de famille.

Poète. Jacques l'était aussi. Ou bien n'était-il que poète. Pierre se souvient brusquement du cahier que Jacques ne cachait pas mais que personne n'avait jamais osé ouvrir. Jacques le veillait, même quand il l'abandonnait sur son bureau, boulevard Lannes, au Rivier ou plus tard dans leur chambre de banlieue. Toujours le même cahier. Une étiquette salie, usée par le temps, annonçait « Les Chants du cœur qui cogne. » C'est tout. Personne n'osait l'interroger à ce sujet. Si, maman, une fois. Il avait répondu en l'embrassant « Pas grand-chose, rien qu'une affaire entre moi et moi. » Pierre se souvient aussi du texte d'une carte postale « Parle-moi. Dis-moi les mots. Les mots qu'il faut. Les mots comme ça. Tout simplement. Avec la force du dedans. » Jacques n'avait pas signé. La carte postale représentait la plage de Tipasa. Pierre, intrigué, avait appris le texte par cœur. Et un jour, en surveillant ses enfants, il l'avait inscrit à la craie sur le tableau noir. Les points indiquaient des césures. Il passa à la ligne. Les gomma du texte.

« Parle-moi
dis-moi les mots
les mots qu'il faut
les mots comme ça
tout simplement
avec la force du dedans. »

Les élèves de Pierre montraient du doigt le tableau noir. Deux ou trois d'entre eux savaient déjà un peu lire : « mot », « dedans ». Ils riaient. Sans le savoir, Pierre venait d'ouvrir le cahier pour la première fois. C'était un poème. Comme ça.

Pierre regarde son père. On entend en bas le pas de Denise. Elle allume toutes les lumières. Joseph apporte du bois pour la cheminée. Le téléphone sonne. « Oui, madame Sylvie... très bien, madame Sylvie... » Joseph raccroche. « Monsieur Dauzan ? » Joseph monte au premier étage. Il frappe à la porte de la chambre principale. « Monsieur Dauzan ? » La porte de la chambre de maman s'ouvre. « Sylvie vient d'appeler, Madame. Elle a été retardée. Elle demande que vous ne l'attendiez pas pour dîner. Elle couchera ses enfants en arrivant. — Nous l'attendrons, Joseph, dites bien à Denise que nous l'attendrons. » Joseph redescend. Il parle à mi-voix à Denise. Ils rentrent ensemble dans la cuisine. Silence.

Un mot, un regard, ce silence que tu pourrais rompre, papa, d'un mot, d'un regard. Et ce geste que tu as failli avoir pour moi, tout à l'heure. Je l'ai senti. Je ne pouvais pas relever la tête. C'était trop pour moi. Et trop pour toi. Tu vois, nous sommes quittes. La porte refermée, tout se passe comme avant. Tout doit se passer comme avant. Pour le pire dans le meilleur des mondes. Une formule ? Je m'exaspère. Tu m'exaspères. Notre conjugaison. On a tout et on n'a rien, pas vrai ? Ce qu'on a l'air cons, comme ça, sous le dernier des plafonniers de la maison. Le bon goût de maman n'est jamais monté jusqu'ici. En bas, c'était chez elle. C'était chez nous, ici, elle le savait. Et puis con, c'était un mot de Jacques. Dans son langage, ça voulait dire non. Un cœur qui cogne, tu sais ce que c'est, hein, papa. Regarde-moi. Un cœur qui cogne, moi aussi, je sais ce que c'est. J'entends le mien, là, en ce moment.

« Qu'est-ce que le docteur t'a dit ? — Je ne l'ai pas vu. » M. Dauzan est surpris, mais tout à la fois rassuré. Bonne conscience. « Mais pourtant, il m'avait dit qu'il voulait absolument te parler. » — Tu veux dire que tu lui avais dit qu'il fallait absolument me parler. — Pierre, faisons la paix. C'est la même chose, et tu le sais. — Non. Ce n'est pas la même chose. Allons. Je t'ai menti. Je l'ai vu. Je lui ai parlé. J'ai vu la clinique. Et la clinique m'a parlé. — Sois naturel, je t'en prie. » Pierre regarde ses chaussures. Il ne peut s'adresser à son père que tête baissée. Comment se fait-il que tu aies encore peur ? Mais ce n'est plus ton père, Pierre, c'est ton fils ! C'est lui qui désormais a peur de toi. Et pourtant... « Ecoute, papa, je n'ai qu'une chose à te dire à ce sujet. Si jamais, un jour, pour une raison ou pour une autre, nous devons, ou toi, ou moi, entrer dans une clinique, j'espère qu'on en choisira une mieux que ça. — Que veux-tu dire ? — C'est tout ce que j'avais à te dire. — Explique-toi. — C'est tout. »

M. Dauzan se penche. Prend prise à la rampe. Et se lève. Lentement. Cette fois, il joue. Mais quand ne joue-t-il pas ? Comment le savoir ? Il va partir ? Non. Il s'invente une sortie. Il cherche une formule, lui aussi. Pierre voudrait lui dire le poème de Jacques « ... les mots qu'il faut. Les mots comme ça. Tout simplement. Avec la force du dedans. » Mais son père lui reprocherait un manque de naturel. Un reproche ? Mais un reproche que l'on fait, c'est à soi-même qu'on le fait. Formule. Laisse-moi, papa, laisse-moi. Seul. Laisse-moi la clef, la chambre et le lit de guingois. Ce n'est ni à toi, ni à moi. C'est un lieu qui n'appartient qu'à ceux, qu'à ceux auxquels parle le lieu. La vraie propriété, c'est ça. Et Jacques était propriétaire du monde entier. Car le monde entier lui parlait. Il est parti trop tôt. C'est ce que tu penses. Ce que tout le monde pense, par principe de doléances. Le vrai drame de Jacques, c'est qu'il est parti avant d'avoir su assez bien écouter. Jacques était un vrai propriétaire, lui. Il avait tout, il avait tout. Et nous ? Nous avons tout, nous n'avons rien. Ce soir, je comprends Jacques pour la première fois. Pour la première fois, il entre en moi. Sarah me dira « Tu as un drôle de regard, qu'est-ce qui s'est passé ? » Comment pourrai-je lui expliquer ?

« Ecoute, Pierre, je ne veux pas d'incident comme celui-ci, au moins jusqu'à demain. C'est tout ce que je te demande. Nous serons tous réunis et... — Tous ? » La voix de Pierre est redevenue dure. Pierre relève la tête. « Quelle comédie, papa ! » Pierre se lève. Tourne la clef dans la serrure. Ouvre la porte, va droit à la fenêtre. « Regarde. » Il ouvre la fenêtre. « Respire un peu. » Il pousse les volets. « Et ça, c'est le fleuve. » Il remet en place le lit. « Le fleuve ? » M. Dauzan s'est approché de la porte. Mais il n'entre toujours pas. « Qu'est-ce que ça veut dire, le fleuve ? » Pierre prend son père par le bras et le fait entrer dans la chambre. « Oui, c'est comme ça. Ne fais pas semblant de ne pas te souvenir. Comprends. Ecoute. Accepte. » Pierre lâche le bras de son père. Se jette sur le lit et s'allonge, les mains croisées derrière la nuque. Comme avant. « Et si tu veux, demain, nous irons nous promener. Très tôt, le matin. Nous irons voir le soleil se lever. Et nous en profiterons pour faire un petit tour par le bois de Silvacane. — Silvacane ? — Allons, papa, souris un peu. » M. Dauzan met les mains dans les poches de son veston d'intérieur. Il sort. Sans rien dire. C'est ce qu'il a choisi de dire. Pour sortir.

13

MADAME DAUZAN entend le pas de son mari. Ce craquement des marches de l'escalier du haut. Le matin, très tôt, autrefois, elle guettait ce bruit-là. Jacques et son frère fuyaient la maison. Et cette fuite lui plaisait.

M. Dauzan redescend. Elle ferme les yeux. Pierre est là-haut. L'escalier craque encore. Dans le fond, rien n'a changé. Pourquoi avons-nous fui cette maison, nous aussi ? Nous avons donc accompli en grand ce que Jacques et Pierre faisaient en jouant. Pourquoi ? Non, ne te pose pas cette question, Clara. Ecoute. Pierre est là-haut. Antoine l'a rejoint. Tu les as vaguement entendus parler. Et puis il y a eu ce claquement de volets, ce grincement vif du lit sur le parquet. Antoine est redescendu. Il entre dans sa chambre. Il vient de s'apercevoir que la porte d'accès à ta chambre est fermée. Il n'est pas étonné. Il préfère ça. Toi aussi, Clara. Tu voudrais tant qu'Antoine ne fasse pas de bruit en se préparant pour le dîner ! Tu voudrais écouter le silence d'autrefois. Le matin. Si tôt le matin ! Quand tout était possible. Quand Jacques et Pierre t'offraient la surprise toujours renouvelée de leur complicité. « Mais où allez-vous ? Je voudrais tant au moins une fois venir avec vous ! — Ah ! ça, maman, les parents dorment, les enfants fuguent. » La mémoire aime les phrases qui claquent. Comme les volets. Qu'ont-ils pu se dire ? Et ce grincement brusque et plaintif du lit ?

La robe bleue est posée à plat, sur le sofa, près de la porte-fenêtre. Allongée, de son lit Mme Dauzan la regarde. Le tissu est léger, soyeux. Des fleurs bleu ciel sur un fond outremer. Des manches longues qui se ferment par deux boutons-pression. Un col rond. C'est une robe courte. Au-dessus du genou. Une robe sans mode que Mme Dauzan portait sans bijou. Au printemps. Un printemps. Jacques, qui ne faisait pas particulièrement attention aux toilettes de sa mère, avait dit cette année-là « Mais c'est Madame Iris, Clara Iris, Maman Clara Iris. » Et tout le monde avait ri. Un instant, Mme Dauzan s'était sentie ridicule. Puis Jacques s'était approché d'elle. « Je te dis ça, maman, parce que tu es belle. » Et pendant tout l'été, on avait moqué gentiment la robe bleue, cette beauté. « C'est pour quand, Maman-Clara-Iris ? Tu la remets ? Oh ! si, maman, pour nous faire plaisir ! » Et Jacques précisait, en embrassant sa mère « Pour nous faire rire. » Silence. « Un peu. »

Mme Dauzan sourit. De toutes les robes suspendues dans la penderie, elle n'a été ravie que par celle-là. Et petit à petit, elle découvre pourquoi. Cette photo que Pierre avait prise pour Pâques, près du tennis. Jacques, raquette à la main, en tenue blanche, à genoux devant sa mère lui offre une rose. Elle éclate de rire. Mais elle rit de mauvais cœur. M. Dauzan n'aime pas ces pitreries. Dans les affaires de Jacques soigneusement remises par l'Armée, dans un portefeuille de cuir aux bords si étrangement lisses, Mme Dauzan avait retrouvé la photo du champion de tennis et de Maman-Clara-Iris. Et derrière, la mention « Tendresse-ivresse » et un numéro de téléphone. Par curiosité, après avoir longtemps hésité, Mme Dauzan avait composé ce numéro étranger. Un disque avait répété inlassablement « Il n'y a pas d'abonné au numéro que vous avez demandé »...

La robe bleue, Pierre, je l'ai choisie. Parce que tu n'aurais pas osé la choisir. Tu étais si sérieux au volant de la voiture, tout à l'heure. Oui, je sais que tu n'aimes pas conduire. M'entends-tu, là, maintenant ? Mais oui, je t'écoute. J'espère que tu n'as rien dit à ton père. Tu vois, déjà tu ne m'écoutes plus. Ferme les yeux, comme moi. Tu es entré dans la chambre. Tu as trouvé la clef. Moi, je ne pourrais plus monter cet escalier. C'est trop dur. C'est trop haut.

Françoise, Xavier. Des cris d'enfants. « Ah ! non, enlevez d'abord vos manteaux. Vos gants, rangez vos gants. » M. Dauzan est sorti sur le palier. Les enfants montent en criant « Mamie ! Où est Mamie ! — Elle se repose dans sa chambre, dit M. Dauzan en les embrassant. Venez avec moi. »

14

« J'AIME les enfants, expliquait Jacques, parce que ce sont des êtres perfectibles. » A cette époque-là, il fumait la pipe et s'était fait pousser un collier de barbe. Il parlait comme on parle en classe de préparation aux Grandes Ecoles. Il se défendait bien pourtant de ressembler aux autres, aux cons. Mais des autres, des cons, il ne copiait que l'apparence, la pipe et le collier de barbe. Et parfois le langage. « Perfectibles ! Tout enfant, même bien éduqué, est encore curieux, malléable. J'admire en eux ce que je ne peux plus admirer en nous, chez nous. Nous ne sommes pas une famille, mais une fédération de petites familles orphelines, de petites familles dévastées. Chacun pour soi, même toi, Pierre, et même moi car je ne te dis pas tout. C'est ma manière de te parfaire et de me parfaire. Tu devrais fumer un peu, et pourquoi pas prendre des pilules pour que la barbe te couvre la gueule et te fasse un vrai visage de mec. Oh ! Pierre, je t'empêche de travailler ? Tu es encore perfectible, et moi aussi. Pas vrai ? »

Il y a des choses qui se disent avec des mots. D'autres avec des gestes. Jacques parlait beaucoup avec son corps. Ainsi, en balade, Pierre avait-il toujours du mal à suivre son frère. Jacques allait de l'avant, toujours en premier. Il voulait tout voir avant les autres, et ne se retournait jamais pour s'assurer de la présence de celui, de celle ou de ceux qui le suivaient. C'était sa manière de mépris et d'amour. Et quand par un hasard extraordinaire Pierre arrivait à le devancer, Jacques s'arrêtait et changeait de direction.

Mais dans des gestes de détail, Jacques s'exprimait encore plus clairement. Ainsi, assis, les coudes sur les genoux, serrait-il toujours les poings comme un boxeur en coin de ring. Il se donnait des coups dans les mains. Il attendait un adversaire. La rue l'amusait aussi. Il faisait toujours semblant de trébucher là où il n'y avait pas d'embûche. « Ah ! çà, alors, je n'avais pas vu ce trottoir, la prochaine fois, je ne ferai pas attention. » Et le jour suivant, au même endroit, même jeu. Il riait. Et Pierre riait parce que son frère riait. Il y avait aussi le jeu des réverbères. Pierre en connaissait parfaitement la règle, et pourtant, à chaque fois, ça marchait. A l'approche d'un banc, d'un arbre, d'une sortie de métro ou d'un signal de pompe à essence, Jacques se lançait brusquement dans un discours très grave, dont on ne savait jamais s'il était volontairement ou involontairement pontifiant. « Tu sais, mon vieux, l'amour, ça doit exister, mais il ne faut surtout pas l'attendre. Il guette le moment où l'on ne pense plus à lui. Et hop, top, la catastrophe. » Le visage tourné latéralement vers son frère, en disant n'importe quoi, très vite, avec tant de conviction, Jacques donnait toujours l'impression qu'il allait percuter le banc, le réverbère. Et Pierre, toujours, au dernier moment, saisissait son frère par le bras. Jacques savait parfaitement calculer son effet. Il savait faire durer le jeu cette fraction de seconde de trop qui forçait l'autre à venir à son secours. Et avec Pierre, ça marchait toujours. Et avec d'autres, c'était un jeu d'enfants. Les filles surtout avaient très peur. « Oh ! merci, disait Jacques, je suis vraiment étourdi. » Les filles se sentaient fières comme des mamans. Catherine surtout, qui rêvait de devenir femme d'ingénieur et ingénieur elle-même, et qui s'efforçait de ne pas trop dire à Jacques qu'il la piquait en l'embrassant quand il ne se rasait pas. Pour se séparer d'elle, Jacques s'était fait pousser le collier de barbe. « Les filles ne sont pas sérieuses, c'était un test. Tu te rends compte, elle m'a quitté pour ça. Et puis comme ça, en plus, je ressemble aux copains. Une chance de plus de passer inaperçu. »

Jacques croisait très souvent les bras. « Et ça, c'est un geste de papa. La seule chose qui me ferait douter qu'il ne m'a pas volé. Que je suis bien de lui. Mais quand papa croise les bras, il ferme son cœur. Moi, j'ouvre le mien, ça veut dire que j'écoute. » Sourire. « Et j'écoute rarement. Pas vrai, petit frère ? Ça sert à rien d'écouter. Tout est dit. Tout est écrit. Il vaut mieux lire, ou écrire. »

Dans le métro, Jacques descendait à Saint-Michel. Pierre, deux stations plus loin. Un matin, Jacques dit « salut » à son frère, comme d'habitude, saute sur le quai. Fait quelques pas. Se retourne. Revient vers la portière qui se referme, et crie très fort. « Et puis, arrête de te branler comme ça tout le temps. C'est fatigant. » Pierre, instinctivement, éclate de rire. Mais tout le monde dans le compartiment l'observe avec un curieux intérêt. Il rougit, descend à la station suivante, fait le reste du chemin à pied en pestant contre son frère et en riant en même temps. Il arrive en retard au lycée. « Motif ? » demande le censeur. « C'est la plus belle », conclut Jacques quand Pierre lui raconte tout. Mais chaque matin, Pierre se méfiait. « Je descends avec toi, tu sais. Je vais attendre le métro suivant. — Mais je te jure, petit frère... — Oh ! tu jures, tu jures... » Pierre devenait pâle. Saint-Michel. Jacques descendait et lui faisait un geste obscène de la main, ou bien, au moment où la porte se refermait, criait « Et puis arrête !... » C'était tout. « Ça t'éduque », expliquait Jacques.

Quand Jacques n'écoutait plus ce qu'on lui disait, il baissait la tête et regardait ses chaussures. « Tu te dis que ta tête va toucher tes pieds, que tu deviens une roue et que tu roules, tu roules, loin de tout. C'est mon côté romanichel. Tu devrais essayer. »

Jacques n'aimait pas la ville. Elle le rendait facétieux. Ou plutôt, Jacques n'aimait pas l'effet qu'avait la ville sur les individus. « Ils ont oublié l'inattendu. Tout ce qu'ils font est tendu. Ils sont pressés. Moi pas. Mais ils ont un cœur d'or, comme on dit. Et l'or, ça ne vieillit pas. Regarde. » Il dépliait le papier dans lequel la boulangère venait de lui vendre un pain au chocolat ou un croissant et, sur le comptoir du café, il le lissait consciencieusement, puis le dépliait, le découpait en deux, en quatre, et composait un minijournal blanc qu'il se mettait à lire assidûment. Comme tous les gens, à côté de lui. Sept heures trente du matin. Café noir. Métro, boulot, dodo ; c'était le grand départ. Les types, à côté de lui, lisaient leur journal. *L'Aurore, Paris-Jour* ou *Le Parisien libéré*. Avec des manchettes grosses comme ça, l'Algérie française, la troisième tentative de suicide d'une grande chanteuse, l'Europe unie. Jacques, lui, lisait le sien, du blanc. Du papier à peine défripé. Il inventait à chaque fois un détail de gestes vrais. Ainsi, cette manière que le regard a de se surprendre d'un article, dans un coin de page. Cette autre manière de tourner vite la page politique, le sourire à la page des spectacles, et de refermer le journal d'un air blasé. Pierre observait Jacques. Jacques attendait qu'on l'observe. Il guettait le regard inquiet d'un voisin. Un regard anodin d'abord, voyeur ensuite, puis franchement désabusé ou carrément amusé. Dans ce dernier cas, il avait gagné. Son voisin avait replié son journal. Il repliait le sien et le tendait. « Je l'ai lu, vous le voulez ? » Le type riait. « Il est aussi bien que le vôtre, vous savez. » Jacques riait. « Et il coûte moins cher. » Le type refusait d'entrer dans le jeu, mais il riait aussi. « Et puis dans mon journal, il n'y a que de bonnes nouvelles. » Jacques insistait. « Alors, vous ne le voulez pas ? » Une fois sur deux, le type acceptait. Dans le métro, Jacques pinçait le bras de son frère et lui disait « Tu te rends compte, j'en ai fait rire au moins un, ce matin. C'est déjà ça de pris. »

« C'est déjà ça de pris », monsieur l'inspecteur primaire.

Les souvenirs, c'est comme les bagages, ça ne pèse lourd que si l'on n'aime pas les voyages. La ville exaspérait Jacques. Alors, Jacques jouait avec elle. Seul, ou avec Pierre, ou avec une petite. « Je dis les petites, parce que je me sens tellement plus grand qu'elles ! C'est leur vocation. Petites. Si petites ! Des poupées. » Et Jacques changeait de poupée comme de chemise. C'est-à-dire pas très souvent. Assez souvent quand même. Ses liaisons ne duraient pas. « Elles veulent toutes être choisies. Elles attendent l'amour. Tu parles ! Elles en décident. Un jour, j'en rencontrerai une, étourdie. Et sans qu'elle s'en rende compte, sans que je m'en rende compte, sans que ni l'un ni l'autre nous nous soyons choisis, nous vivrons ensemble. Tu vois, petit frère, je crois au miracle. » Silence. « Alors, je vivrai peut-être avec elle ce qu'Antoine et Clara n'ont pas vécu ensemble. Pas de boulevard Lannes, mais par contre un Rivier fou, sans murs tout autour du parc et sans gravier ratissé. Je n'aime pas les couples parallèles. Chacun envoie des bombes dans la chambre de l'autre. Chambre à part, tu parles. Mais qu'est-ce qu'ils font ensemble, ces deux-là ? » Pierre saisissait Jacques par le bras. Il avait failli percuter un banc. « Un jour, tu sais, je ne te rattraperai pas. — Et puis après ! Je m'arrêterai ! Et ce sera fini entre nous. Tu ne m'amuseras plus, et tu ne t'amuseras plus. »

Boulevard Lannes. Le soir tragique de la grande décision. « Mais je ne comprends pas, dit M. Dauzan. Vous êtes bien, ici. Vous avez chacun votre chambre. Tout le confort. Et vous êtes libres. » Plus M. Dauzan parlait, plus il avait l'impression de se condamner. La décision avait été prise par ses fils. Il n'avait plus à prendre de décision. Il revint à l'assaut. « Je ne sais pas si ce sera très bon pour vos études. Et puis, vos sœurs vont bientôt se marier. Qui sait ? Nous allons nous retrouver seuls. Votre mère et moi. » Couplet sentimental. M. Dauzan s'était senti ridicule. Surtout lorsqu'il avait dit « votre mère et moi ». Jacques l'avait regardé. Sans rien dire. Pierre avait pris la parole. « Ecoute, papa... — Oh ! toi, tais-toi. » Tactique. Coup de poing. Jacques avait pris son frère par le bras. « Viens. On a dit ce qu'on avait à lui dire. » Mme Dauzan était restée à l'écart. Sylvie pianotait un air de jazz. Françoise attendait ses dix-huit ans en faisant ses devoirs, dans sa chambre, proprement. Thèse, antithèse, synthèse, en marge, souligné clairement. C'était une bonne élève. Sylvie rêvait d'amants.

Au cinéma, quand le film était bon, Jacques faisait la chasse aux voisins grignoteurs de bonbons. Et quand ceux-ci faisaient crisser les papiers entre les doigts, il se penchait vers eux et leur disait brutalement « Vous m'en donnez un ? » Mais quand le film était mauvais, il parlait à voix haute. Il excellait dans l'art de deviner les dialogues des films ratés. Et les clamait. Avec une ou deux secondes d'avance. Une fois sur deux, la salle riait. Ils restaient jusqu'au bout. Une fois sur deux, la salle était hostile. Ils partaient. « Pardon. Pardon. Pouvez-vous vous lever, s'il vous plaît ? Merci. Pardon. » Et en sortant du cinéma, ils longeaient la file d'attente des spectateurs de la séance suivante, et Jacques expliquait à voix haute un autre film, une autre fin, n'importe quoi. Pierre se mordait les lèvres.

Une fois sur deux. « A la ville, c'est toujours une fois sur deux. Il y a encore une bonne moitié de l'humanité capable d'humanité. Et de rire. Et de se prendre au sérieux. L'un va de pair avec l'autre. Je vais de pair avec toi, pas vrai, petit frère ? Tu peux rire, maintenant. »

Quand M. Dauzan était venu visiter la chambre de banlieue où ses fils préféraient vivre, il n'avait rien dit. Il avait gardé son manteau. « Mets-toi à l'aise, papa. » Le chien grognait. Pierre avait un peu peur. Jacques se tenait les poings dans les poches de son pantalon, les épaules relevées ; il ne tenait pas en place, un peu comme si brusquement il s'était fait un grand froid. « Tais-toi, Toutou. » Le chien bondit sur M. Dauzan et le mordit. « Tu vois, papa, je t'avais dit d'enlever ton manteau. Tu as mal ? » Jacques prit la main de son père, et la passa à l'eau froide. « Tiens, essuie-toi, c'est rien. » Il tendit une serviette sale. M. Dauzan partit.

Mme Dauzan leur rendit visite, un samedi après-midi. Elle apporta des confitures et des « pommes du jardin ». Elle ne leur parla que du métro qu'elle venait de prendre « pour la première fois depuis si longtemps » et de l'autobus « dont elle ne trouvait pas la correspondance. » Elle venait en cachette. « Mais je ne veux pas vous empêcher de travailler. L'important pour papa c'est que vous soyez reçus à vos examens. Tenez, je vous ai apporté un peu d'argent. » Et elle donnait beaucoup d'argent.

« Ecoute, Pierre, deux brosses à dents, c'est trop. Une seule suffirait. Dans le fond, nous sommes frères. Tu jettes ces manches et tu en achètes une neuve. Une seule. »

Jacques ne lisait jamais les lettres qu'il recevait. Mais il les gardait. Cachetées. Il les mettait dans les poches de son duffle-coat pendant huit jours, quinze jours. Puis un jour, il les classait et les jetait derrière l'armoire ou les glissait sous son matelas. Il disait alors « Ça y est, celle-là, je sais ce qu'il y avait dedans. Ah ! celle-là, c'est le mystère. Je la garde encore un peu. » Le chien jouait avec les enveloppes quand parfois Pierre faisait les lits. « Attention, Truc, disait Jacques, tu peux jouer avec les lettres, mais surtout ne les mange pas. C'est du poison. »

Deux mois après sa rupture avec Jacques, Catherine était venue attendre Pierre à la sortie du lycée. « Jacques m'envoie des enveloppes vides. — Pardon ? — Regarde, c'est bien son écriture, n'est-ce pas ? — Oui. Et puis après ? — Mais qu'est-ce que ça veut dire ? — Qu'il n'a plus rien à te dire. Tu lui écris, toi ? — Oui. » Pierre ne dévoila pas le secret des lettres cachetées. Il offrit un Vichy fraise à Catherine, qui se mit à pleurer. Plus tard, Jacques n'enverrait à son frère que des cartes postales. A nu. « Des Riviers fous sans murs tout autour du parc et sans gravier ratissé. » Sans enveloppe cachetée. « Il faut dire tout de suite ce que l'on a à dire. Oh ! petit frère, tu m'écoutes ? »

15

Le bébé est dans un couffin. Joseph annonce à Françoise et Xavier que le « berceau a été remis en état, et qu'il l'a placé dans leur chambre, près de leur lit. » « Alors, il faut le changer de place, et le mettre dans la chambre de Heidi... — Heidi ? » Denise regarde Joseph. Joseph regarde la porte d'entrée. Une jeune fille. « Heidi, je vous présente Joseph et Denise. C'est à Denise qu'il faut donner les instructions pour les biberons, et Joseph vous montrera votre chambre. — C'est que, madame Françoise... » Les enfants font irruption sur le palier du premier étage. M. Dauzan les suit. Ils descendent. Ils crient. « Taisez-vous ! » Xavier est passé au salon. Heidi enlève son manteau. Denise se penche sur le couffin. « Mon Dieu qu'il est beau ! »

Françoise embrasse son père. Les enfants envahissent le salon. Xavier leur redit de se taire. Joseph apporte des draps propres. « Puis-je donner votre ancienne chambre à Heidi, madame Françoise ? — Quelle question, Joseph, Heidi fait partie de la famille. » Sourire de convention.

Pierre vient de descendre. Il observe la scène du palier du premier étage. Heidi prend le couffin. M. Dauzan regarde le bébé en disant des choses gentilles. Françoise se regarde dans le miroir, au-dessus de la table de chasse. Elle inspecte sa coiffure. Puis elle passe au salon.

Joseph invite Heidi à le suivre. Ils montent tous deux l'escalier. M. Dauzan se retrouve seul. Il fait quelques pas vers la cuisine. Puis quelques pas vers le salon. Les enfants crient toujours. Il s'arrête. Il lève la tête. Pierre le regarde. Pierre sourit. « Eh bien, tu ne descends pas avec nous ? » murmure M. Dauzan. Avec nous.

« Bonjour, Heidi, je suis Pierre, le frère de Françoise. » Heidi sourit. Dix-huit ans. Allemande. Elle est venue en France pour apprendre le français. Elle explique maladroitement qu'elle est arrivée il y a huit jours. Qu'elle est très contente. Qu'elle espère avoir assez de temps pour suivre les cours de l'Alliance française. Pierre aide Joseph à transporter le berceau. Le berceau du célébrissime grand-père Dauzan. Un, deux, trois, quatre, nous sommes tous passés là-dedans. Antoine et Clara étaient si fiers de leurs enfants ! « Qu'il est mignon, qu'elle est gentille, il ressemble à son père, elle ressemble à sa mère. »

L'ancienne chambre de Françoise n'a pas été nettoyée. Joseph retire les housses qui couvrent le lit et les fauteuils. Il ouvre la fenêtre, mais les volets sont bloqués. « Ils étaient tous bloqués, murmure-t-il. J'ai passé des heures à les ouvrir. » Le bébé se met à pleurer. Heidi prend le bébé dans ses bras. Cette pièce du Rivier, froide, abandonnée, dit brusquement le maquillage, la vérité. « Ne vous en faites pas, mademoiselle Heidi, la chambre sera chaude très vite. Vous pourriez laisser l'enfant dans le berceau, dans le couloir, en attendant. » Joseph a dit cela sur un ton neutre. Pierre sourit. Le bébé crie. « Schlaf, mein Kind, schlaf. » Heidi le berce. « Vous le trouvez beau, vous Joseph ? — Comme les autres, monsieur Pierre, comme les autres. »

Françoise surgit. « Mais vous êtes fous ! Jacques va attraper froid, ici. » Jacques !

Heidi remet le bébé dans le couffin. Françoise regarde Pierre, puis Joseph. « Vous ne saviez pas que nous venions avec Heidi ? » Elle prononce le nom de Heidi de manière tellement élégante ! Heidi. Aïe dit.

Jacques.

Heidi sort avec le bébé et le couffin. Françoise referme la porte. « Ce n'est rien, Xavier, tout va très bien. »

Joseph déplie les draps. « Eh bien, Joseph, les années passent, toujours le même spectacle. Pas vrai ? »

« Pas vrai, petit frère ? »

16

« SAVEZ-VOUS, Joseph, comment je me sens ici ? » Joseph sourit. « Eh bien, je me sens comme dans un lit dont on vient de changer les draps. » Silence. « Mais pas le matelas. » Le lit de Heidi est prêt. Joseph murmure : « Votre père a tout de même eu une drôle d'idée. » C'est tout. Ça suffit.

Pierre quitte l'ancienne chambre de Françoise. Il descend. Entre dans le salon. Françoise est assise près de la cheminée. Xavier allume le feu. M. Dauzan parle aux enfants, dans la véranda. Personne ne bouge. Il s'avance, en bras de chemise, col ouvert, chaussures sales, les poings serrés dans les poches de son pantalon. Il s'approche de la cheminée. Se penche et embrasse sa sœur sur le front. « Ah ! tu étais là. » Xavier se retourne « Bonsoir, Pierre, bonsoir. » C'est tout. Ça suffit.

« Eh bien, dit M. Dauzan, ils ont grandi, tu ne trouves pas ? » Pierre embrasse les enfants. Les prend dans ses bras. « Et toi, comment t'appelles-tu, déjà ? Carabosse ? Badaboum ? Chihuahua ? — Non, je m'appelle Blandine. » Les enfants rient. « C'est vrai que tu es professeur ? dit l'aîné. — Qui t'a dit ça ? — Papa. — Alors, si papa te l'a dit, c'est vrai. En fait, je vais encore à l'école, comme toi, c'est tout, comme Blandine. — Blandine ? Elle est encore trop petite ! » Petite.

« Pourquoi parles-tu ainsi aux enfants ? » M. Dauzan a dit cela en souriant. Les enfants s'amusent à escalader le fauteuil dans lequel il a pris place, le visage rejeté en arrière, comme s'il voulait à tout prix jouir ou faire semblant de jouir de l'instant présent. Sans pour cela inquiéter les enfants. En souriant « Pourquoi ? — Mais, papa, je leur parle mon langage. — Tu ferais mieux de leur parler de toi plus simplement : ils ne te connaissent pas. — Ils n'ont pas à me connaître. N'est-ce pas, Carabosse, Chihuahua ? Et toi, comment t'appelles-tu, Patapouf, Gros-Minet ? — Je m'appelle Stéphane. — Tu es sûr ? Dis-moi, Blandine, est-ce vrai ? Stéphane ou Gros-Minet ? — Gros-Minet », avoue Blandine en s'agrippant à Pierre: « Arrête, tu vas m'étrangler. Aïe, aïe ! — Alors, si je m'appelle Gros-Minet, dit Stéphane, je vais te griffer. — Oh ! oui, c'est ça, griffe-le. — Arrêtez. » Xavier reprend Blandine et Stéphane. Le feu craque dans la cheminée. Françoise traverse la véranda. « Et maman, que fait-elle ? »

Les enfants reviennent vers Pierre. « Raconte-nous des histoires, encore, encore ! — Et moi, comment je m'appelle, moi ? » dit l'un des trois aînés. Pierre croise les bras. Xavier le regarde. Il garde ses enfants. Françoise vient s'asseoir sur le rebord du fauteuil de M. Dauzan. « Sylvie est en retard. Elle vient avec Gérard ? » M. Dauzan fait un geste évasif de la main. Les enfants tournent autour de Pierre sans rien dire. Ils boudent. Xavier les surveille. Pierre sourit.

Des silences qui ne veulent rien dire. Des silences qui ne parlent plus. Cinq enfants et quatre grands. Et le fleuve qui est devenu aussi sombre que la nuit sombre. « Nous pourrions aller près de la cheminée. Xavier a allumé le feu. — Non, restons là, murmure M. Dauzan, en attendant... — Comment va maman ? » La question reste en suspens. Xavier s'assoit dans un fauteuil, face à M. Dauzan. Mais il se tient droit. Roide. Françoise croise les jambes. Laisse pendre une main sur le dossier du fauteuil de son père, un peu comme si elle voulait lui caresser les cheveux. Mais le geste, aussi, reste en suspens. Les enfants viennent s'asseoir par terre autour de Xavier. Françoise leur demande s'ils se sont bien lavé les mains. L'aîné avoue qu'il a faim. Blandine dit quelque chose à l'oreille de Stéphane. Ils rient. Stéphane dit quelque chose à l'oreille de Blandine. Ils regardent Pierre. Ils éclatent de rire. « Taisez-vous. »

Alors, Xavier se met à parler des Laboratoires. Leur nouveau médicament, l'Axoïdian, marche moins bien depuis quelque temps. Et pourtant, « il n'a que trois ans ». Xavier explique que le « marché du troisième est déjà saturé », que les « anti-parkinsoniens marchent moins bien », que le « Z.VIX est beaucoup plus efficace » et qu'en quelques mois, il a « raflé soixante pour cent du marché ». M. Dauzan fait semblant d'écouter. « Il faut, explique Xavier, redonner une nouvelle vocation à l'Axoïdian. C'est un bon médicament de base. » Il précise que « l'avenir est au troisième âge » et que certains produits à eux seuls, en trois ans, ont atteint un chiffre d'affaires supérieur à celui de l'ensemble des aspirines. Il parle milliards. « Nous allons faire de la publicité pour l'Axoïdian. » Xavier se lance alors dans une anlyse marketing compliquée. Il fait passer le temps. Sylvie est en retard. Françoise observe Pierre. Pauvre Pierre. Sans Sarah. Pierre se fait une joie morte d'écouter. Il y a donc les petits frères des vieux pauvres. Et les petits frères des vieux riches. Et Xavier est entré dans la seconde catégorie. Les Laboratoires Dauzan seront toujours prospères. « Nous avons décidé de présenter l'Axoïdian comme un préventif de la maladie de Parkinson. Mais sans dire qu'il s'agit d'un préventif. Notre argumentation est crédible. Les prescripteurs seront convaincus. Car le Z.VIX est efficace, mais assez dangereux. Il a beaucoup de contre-indications. Les prescripteurs le savent. Nous présenterons l'Axoïdian comme efficace dès les premiers ralentissements psycho-moteurs du troisième âge. Médicalement, c'est inattaquable. Pratiquement, ça nous ouvre tout un nouveau marché. Les ventes vont remonter. Pas mal, père, vous ne trouvez pas ? — Parfait, Xavier, parfait. » Xavier est satisfait. Il sourit, et clame en ponctuant la formule d'un geste fier de la main « Dès les premiers symptômes du ralentissement psycho-moteur du troisième âge, pensez Axoïdian. »

« Gros-Minet a faim. — Tais-toi, Stéphane », murmure Blandine en donnant un coup de coude à son frère. « Papa parle ». M. Dauzan sourit. Françoise est fière. Xavier caresse les cheveux de Stéphane.

« Bien sûr, précise Xavier, mention sera faite dans les messages que nous adresserons aux prescripteurs que l'action de notre médicament se situe en dehors de tout contexte artériologique. Cet autre marché de la sénescence s'est développé si vite, et avec tant de succès, que nos anti-parkinsoniens sont encore et parfois assimilés à des régulateurs de tension. C'est incroyable, mais c'est vrai. Et pourtant, ces régulateurs ne servent à rien. On vieillit ? On vieillit ! Quel succès ! »

« Mamie, où est Mamie ? — Tais-toi, papa parle. — Et pourquoi Pierre ne dit rien ? » Françoise sourit ironiquement. M. Dauzan fait signe à Blandine de venir dans ses bras. Blandine hausse les épaules gentiment. « Non. Je veux voir Mamie. Tout de suite. »

« Si nous prenions un apéritif en attendant ? » Xavier se lève. Françoise caresse les cheveux de son père. « Très bonne idée. » Pierre regarde les enfants. L'aîné donne des coups, du bout du pied, dans le fauteuil que son père vient de quitter. « Et si on mettait la télévision, dit-il en prenant bien garde de ne pas regarder ses parents. — Il n'y a pas de télévision, ici. Comme à la maison », répond Françoise. M. Dauzan se lève. Il ne peut plus supporter que Françoise lui caresse les cheveux. Il s'approche de Blandine. La prend dans ses bras. Blandine tend les bras vers sa mère. Stéphane bondit sur Pierre et fait mine de le griffer. Xavier revient avec une bouteille de whisky et des verres. On entend des cris dans l'entrée. Sylvie vient d'arriver. Les enfants fous vont rencontrer les enfants sages. Pierre n'a pas bougé. Tout le monde se précipite dans l'entrée. Embrassades. Pierre reste seul dans la véranda. Il lève la tête. Maman est peut-être sortie sur la terrasse. Elle regarde peut-être le fleuve. En attendant.

17

GÉRARD s'approche de Pierre et lui dit « Heureusement que tu es là, mon vieux. » Puis il serre la main de Pierre, énergiquement. « Dis donc, j'espère que ton père n'a pas prévu de me mettre dans la même chambre que Sylvie. — Oh ! ça, tu ferais mieux de vérifier. » Ils rient. « Je crois que je vais retirer ma cravate, comme toi. »

A l'office. La table a été dressée pour les neuf enfants. Heidi, assise dans un coin, donne le biberon au bébé. Françoise se tient droite derrière ses enfants. Sylvie parle de son bronzage, des huit jours qu'elle vient de passer au ski, « seule, sans les enfants. » Et les enfants ? Qui les a gardés ? Françoise préfère ne rien dire. L'aînée des enfants de Sylvie regarde ses cousins. « Nous, on a la télévision, et vous ? » Sylvie sourit. Se penche sur sa fille et lui dit : « Allons, sois gentille. Sinon, justement, je serai obligée de te priver de télévision. — Ah ! ah ! Quand tu n'étais pas là, maman, on la regardait tout le temps, tralala ! » Françoise regarde sa sœur et lui dit « Tu vois ! »

« Gérard a l'air en très bonne forme, dit Françoise. — Xavier s'est fait couper les cheveux encore plus court, répond Sylvie. — Pas devant les enfants, s'il te plaît, Sylvie. » Françoise regarde sa sœur droit dans les yeux. « Et puis, sois gentille, c'est une fête pour nous. C'est le baptême de Jacques. » Sylvie prend le gâteau que lui tend Denise. Elle le pose au milieu de la table. Les enfants claquent des mains. « Ah ! mais vous n'en aurez que si vous ne laissez rien dans vos assiettes », dit Françoise. « Vous en aurez si vous en avez envie », répond Sylvie. Denise ajoute : « Et il est très bon, mon gâteau. » Elle regarde Sylvie d'un air complice. « Je m'y perds avec tous ces enfants. Les vôtres sont blonds, ceux de Françoise sont bruns. Mais c'est tout. C'est fou. J'espère que vous allez vous arrêter. — En ce qui me concerne c'est fini, avoue Sylvie en regardant sa sœur. Et toi, Françoise ? — Pas devant les enfants, s'il vous plaît. — Ce que tu es ridicule, Françoise ! — Mais ils écoutent ! — Eh bien, oui, ils écoutent, et ils entendent aussi tout ce que l'on ne dit pas devant eux. » Sylvie croise les bras, s'adosse au vaisselier. « Et tu n'as pas pu trouver un autre prénom pour ton garçon ? » Françoise ordonne à ses enfants de se dépêcher. « Eh bien, réponds-moi, Françoise, je ne t'attaque pas. Je te demande seulement pourquoi ? » Blandine regarde sa mère. « C'est vrai, maman, tu aurais pu l'appeler Gros-Minet. » Stéphane enchaîne. « Ou bien Patapouf, Gros-Minet, c'est moi. — Qui est-ce qui vous a encore raconté des bêtises ? — C'est Pierre ! — Pierre, maman, Pierre. — Alors, ne l'écoutez pas. » Sylvie sourit et dit à ses enfants : « Je vous laisse ; quand vous aurez fini votre gâteau, vous viendrez voir votre oncle Pierre. Je crois qu'il a des tas de choses à vous raconter. » Sylvie frôle Françoise. « J'ai un beau bronzage, n'est-ce pas ? Rien à voir avec le tien. Elizabeth Arden ? Héléna Rubinstein ? — Sois gentille, Sylvie, nous devons bien ça à papa. — A qui ? » Silence. Sylvie fait quelques pas, se retourne, sourit à ses enfants en leur faisant signe de faire honneur au gâteau. « Moi, Françoise, je ne dois rien à papa. Ah ! si, une chose : Gérard est là ce soir. Quelle fête ! Mes enfants sont ravis. » Silence. « Et moi aussi. » Elle sort. Heidi regarde Françoise étrangement. Françoise avait oublié Heidi. Denise est passée à la cuisine. Françoise se sent brusquement épiée, indésirable. Elle quitte l'office. « Surveillez-les, Heidi, s'il vous plaît. Et pour le gâteau faites des petites parts, s'il vous plaît. »

Dans l'entrée, Françoise hésite. Elle ne veut pas entrer dans le salon. Xavier et Sylvie se parlent. Gérard et Pierre sont dans la véranda. Père est assis devant la cheminée. Elle veut monter dans sa chambre. Non, elle risquerait de croiser sa mère. Elle sort, sur le perron, et un instant, dans la nuit, elle se sent aveugle. Pourquoi Xavier ? Tu n'aimes en lui que les enfants que tu tiens de lui. Tu as tout fait pour arriver le plus tard possible, ce soir. Mais c'est encore trop tôt. Le film est noir. Il n'y a plus de film. Le film est fini. Et tu restes là, encore assise, dans la salle. Qu'est-ce que tu attends ? Que tes enfants grandissent et rejouent la même histoire. Françoise frissonne, respire un grand coup, très fort, puis elle rentre dans la maison. Un instant, en coulisse, elle a eu le sentiment qu'elle pouvait encore redevenir elle-même. Elle choisit de s'asseoir dans l'entrée. Puis elle se sent coupable. Elle se lève et range les manteaux et les cache-col des enfants de Sylvie. Soigneusement.

Sylvie parle ski. Xavier parle Axoïdian. M. Dauzan écoute leur conversation. Comment est-ce possible ? Pourquoi avoir voulu cette fête ? Trop tard, le spectacle a commencé.

Dans la voiture, Sylvie avait tenu à prendre le volant. Gérard avait pris place à côté d'elle. Pour ne pas se parler, ils parlaient aux enfants. Et les enfants, derrière eux, arbitraient. Un long échange de balles, comme au tennis, quand Jacques disputait une partie avec maman. Il faisait tout pour qu'elle ne perde pas, pour que la partie dure longtemps. Mais bientôt, maman était à bout de souffle. « Raconte à Gérard ce que tu as fait l'autre jour en cours de musique. » Sylvie parlait de son mari comme d'un ami. « Qui c'est, Gérard, c'est papa ? avait demandé le plus petit. — Oui, mais c'est mieux de dire Gérard », avait répondu Gérard. La route était longue.

Sylvie rejoint Pierre et Gérard, dans la véranda. Elle embrasse son frère. « Tu aurais dû amener Sarah, le spectacle eût été parfait. » Sylvie prend Gérard par le bras. « Je préfère encore le couple que nous formons à celui de Françoise. Xavier joue les gentlemen-farmers. Où se croit-il ? — Chez lui », répond Pierre en prenant appui sur la fenêtre. Il tourne le dos au fleuve. Il ne veut plus voir le fleuve, penser au fleuve. « Je crois que nous faisons bande à part, murmure Gérard. Mais nous sommes au Rivier, et c'est de règle, ici. N'est-ce pas, Pierre ? » Sylvie pose la tête sur l'épaule de Gérard. « Mais qu'est-ce qui te prend, Sylvie ? — Je joue. Comme tout le monde. C'est de règle, ici. » Gérard se sent gêné. Il regarde Pierre. « Toujours instituteur ? — Toujours. — Et Sarah, son journal ? — Très bien. Elle rédige le courrier des lecteurs. Elle s'occupe de la rubrique de la défense des animaux. De temps en temps, elle fait des articles écologiques. Ça l'amuse. Elle joue avec la bonne conscience des gens. — Toujours le même appartement ? — La même chambre, tu veux dire. Oui, toujours. Et toi ? » Gérard regarde Sylvie. « Oh ! l'architecture, en ce moment, tu sais... Nous construisons des écoles. Des clapiers de périphérie. — Ce n'est pas ce que je te demandais. Toi, dans la vie ? » Sylvie répond à la place de Gérard « Dans la vie ? Il vit. Il a même en ce moment une très jolie petite amie. » Gérard sourit. « Comment le sais-tu ? — Ah ! voilà... — Dis-moi. » Sylvie se détache de Gérard. « Elle était chez toi dimanche dernier quand tu as pris les enfants pour la journée. Tu vois, c'est simple. Régis m'a dit papa *a une chouette pépée.* » Sylvie prend le bras de son frère. « Allons, allons leur tenir compagnie. Et surtout, ne pense pas à qui je pense. » Ils se dirigent vers le salon. Sylvie murmure à l'oreille de Pierre « Quand je pense que tu as accepté de devenir le parrain ! »

Françoise entre en même temps qu'eux. Le cérémonial des familles. Sylvie et Françoise prennent place dans des fauteuils, de chaque côté de M. Dauzan. Xavier offre du whisky. Gérard pose un coude sur la cheminée, et du bout du pied, remet les bûches en place. Pierre s'assoit par terre, au milieu ; il tourne le dos au feu. Il fait face à M. Dauzan, le totem. Françoise lève son verre. « Eh bien, ça fait vraiment plaisir de se retrouver tous ensemble. » Silence. « Si on allait chercher maman ? »

18

La robe bleue. Maman-Clara-Iris. Françoise, Sylvie et Pierre, surpris, n'osent pas bouger. M. Dauzan ne s'est pas retourné. Xavier et Gérard s'approchent de Mme Dauzan. Ils ne savent pas. Mme Dauzan se place entre eux, les prend par le bras. M. Dauzan se retourne. Françoise et Sylvie se lèvent, comme si elles voulaient ravir leur mère au regard de leur père. Maman-Clara-Iris ! Pierre se tourne vers la cheminée. Il ne veut pas voir ça. Mais quoi, ça, mon vieux ? De quoi as-tu peur ? La photo ? Jacques à genoux devant maman, raquette à la main ; il lui tend une rose de l'autre main. Où est la photo ? C'est maman qui a défait le paquet renvoyé par l'Armée. Tendresse = ivresse. Et le numéro de téléphone de Sonia que Jacques avait inscrit là parce que le soir où il l'avait rencontrée, il n'avait pas d'autre papier dans son portefeuille. Sonia. Jacques disait d'elle : « Elle est presque parfaitement étourdie. C'est peut-être elle que je n'attends pas. » Pierre ferme les yeux. En poussant les bûches dans la cheminée, Gérard a tout fait flamber de nouveau. Il fait trop chaud. Papa me regarde dans mon dos. Maman se demande pourquoi je ne me lève pas. Elle a peur de s'être trompée en choisissant cette robe. Il faut que je me lève.

Pierre se lève. Mme Dauzan n'attendait plus que lui. « Tu es belle, maman, très belle. » Françoise lève de nouveau son verre en riant. M. Dauzan offre son fauteuil à son épouse qui le refuse d'un sourire. « Je suis très bien debout. Comme ça, avec vous. — Un whisky, Mamie ? — Non, non, merci. Laissez-moi vous regarder, tous, ensemble. — Allons, Mamie, un whisky quand même. Pour le principe. » Xavier sourit en montrant toutes ses dents, comme un chef scout quand le feu de camp bat son plein. M. Dauzan se souvient brusquement qu'il a oublié de débrancher le magnétophone en quittant l'appartement du boulevard Lannes. Sylvie touche du doigt le tissu de la robe bleue. A très peu de chose près, tout se passe comme autrefois. « Nous aurions dû revenir plus souvent », dit Françoise. Silence. Long silence. Chacun pense à qui l'autre pense. Jacques rigole. « Ce que vous êtes cons ! C'était vraiment pas la peine. » Les enfants quittent l'office en criant.

Les voici, tous les neuf, autour de Mme Dauzan. Les uns tout contre elle. Les plus jeunes. Les autres un peu à l'écart. Les aînés. On leur a dit que Mamie *allait en clinique*. Blandine a encore un bout de gâteau à la main. « Goûte, Mamie, c'est pour toi, il est très bon. » Françoise a dit ce qu'il ne fallait pas dire. Les enfants sont entrés au bon moment. Xavier s'approche d'elle. « Tu pourrais faire attention. — Et toi, Xavier, tu souris trop. Beaucoup trop. Tu n'es qu'un invité, ici. Veux-tu que je parle de nous devant tout le monde ? » Gérard allume une cigarette. Pierre joue avec Stéphane. « Il y a un hippopotame au fond du jardin. — Tu dis des mensonges. — Demande à Blandine. » Blandine fait signe que oui. Elle affirme qu'il y a même une girafe. « Je veux les voir, dit Stéphane. — Ah ! demain matin. Maintenant, ils dorment. » Régis s'approche de Pierre. « Tu sais faire du ski, toi aussi ? »

Puis Françoise tape deux fois dans ses mains. « Allons, au lit, Heidi va vous coucher. Au lit. » Silence. Sylvie regarde Gérard. Gérard jette sa cigarette dans le feu. Mme Dauzan dit à voix basse : « Encore un petit moment, Françoise, il y a tellement longtemps que je n'ai pas vu les enfants ! » Silence. Heidi entre, le bébé dans les bras. Françoise le prend. « Tiens, maman, voilà ton filleul. Prends-le. » Elle se met à genoux devant sa mère. « Et puis fais attention, tiens-le bien. Il est encore très, très fragile. » Sans le savoir, Françoise, vient de répéter ce que sa mère lui avait dit quand, petite fille, elle avait pris son petit frère Pierre, pour la première fois, dans ses bras.

Mme Dauzan voudrait sourire et pleurer en même temps. Télévision. Pièces de un franc. Elle se mord les lèvres. Elle a oublié de se mettre du rouge à lèvres. Tant pis. Elle baisse la tête et embrasse le bébé pour qu'on ne la voie pas. Larmes sèches. Denise entre dans le salon. « Madame est servie. » Françoise se relève. « Allons, les enfants, cette fois, au lit. » Sylvie sourit et répète « Allons, les enfants, cette fois, au lit. — Mais où, maman, où ? — Cherchez, vous trouverez. C'est un jeu que je viens d'inventer. »

19

Si tu avais vu, Sarah, la manière superbe avec laquelle Denise s'est postée à l'entrée du salon, les mains à plat sur son tablier blanc ! Ce chemisier blanc qu'elle a mis au dernier moment, pour servir le diner. Impeccablement. Si tu avais entendu le ton de sa voix, clair et serein, lorsqu'elle a annoncé « Madame est servie » ! Je crois qu'elle a fermé les yeux de plaisir en disant ces trois mots magiques. Ces trois mots tragiques. Nous étions tous là, autour de maman. Même Jacques, que Françoise d'une remarque étourdie venait d'appeler au secours. « Madame est servie. » C'était dérisoire, affligeant et fouettant à la fois. Chacun de nous eut un léger mouvement de tête comme si nous avions tous évité de justesse une claque. Tous, sauf maman qui rendit le bébé à Françoise et profita de notre surprise pour s'essuyer les yeux, discrètement. Elle avait tiré de son sac un petit mouchoir et les tickets scellés. Pour les donner aux enfants. « Madame est servie. » Papa pensait sans doute qu'on lui volait son spectacle. Gérard remit sa cravate comme s'il avait eu brusquement peur de se trouver nu, à table. Xavier se tenait à l'écart, Françoise venait de lui parler. Heidi regardait tout le monde, étonnée. Françoise lui expliqua qu'après avoir couché les enfants, exceptionnellement elle devrait dîner à l'office avec Joseph et Denise. « Ils sont très gentils. » Et Denise, dans son chemisier des grands soirs, s'en était retournée à la cuisine. Joseph servirait les boissons. Les enfants embrassaient leurs parents. On surprit un bruit de bouteilles que l'on débouche. Et pour la première fois de la soirée, on entendit l'horloge de l'entrée. Neuf heures du soir. Le poids du temps brusquement, à chaque coup, se fit sentir. Oui, Sarah, je te parle du plus profond du ghetto de ma famille, m'entends-tu ? Sarah, où es-tu, là, en ce moment ? Nous ne nous attendions pas, et puis nous nous sommes rencontrés. Et nous vivons ensemble, comme des étourdis, comme des sourds dans un monde où tout parle trop vite et trop bien. Je vis donc avec toi ce que Jacques aurait pu vivre avec Sonia. Tendresse = ivresse. Maman est belle, ce soir, si tu la voyais ! Et voilà qu'à te parler, comme ça, persuadé que tu es là à m'écouter, j'ai l'impression de me remettre à respirer. J'embrasse Chihuahua et Gros-Minet. Régis me serre la main comme un grand. Ils parlent tous de l'hippopotame et de la girafe qui vont dormir dehors, au vent, au froid. La tête me tourne un peu. Je suis resté trop longtemps, trop près du feu. Plus je revois ma famille, plus je la poignarde et plus elle me poignarde. Certaines bourgeoisies sont devenues peaux mortes. Sarah, j'ai besoin de toi. Tu es revenue dans la chambre. Tu penses au chien, à la fenêtre ouverte. Tu écris un Courrier des lecteurs. Mais les bonnes idées ne viennent pas. C'est la première fois depuis que nous vivons ensemble que nous ne passerons pas une nuit ensemble. Cela fait aussi partie du spectacle Dauzan, de la fierté du Père. Il m'a arraché à toi. Tu es absente. Gérard est là. Le pape Dauzan aime les paradoxes en toutes situations. Et il pense ainsi provoquer l'improvocable. La tendresse. Françoise vient d'oser dire à Xavier ce qu'elle n'avait jamais osé lui dire. Si tu avais vu sa tête ! Et maman, dans la robe bleue, vient de placarder son nom en haut de l'affiche du dîner. Ce soir lui appartient. Mon père, une fois de plus, se retrouve seul. Volé de tout. Volé de nous. Pourtant, nous sommes là.

Régis revient vers moi. « Pourquoi as-tu une montre cassée, oncle Pierre ? » Sylvie lui fait signe d'aller se coucher. Régis insiste. « La dernière fois, elle était déjà cassée. » La dernière fois, Sarah, Régis avait trois, quatre ans, je ne sais plus très bien. C'était il y a longtemps. Et il se le rappelle.

Les enfants partent. Nous restons seuls. Joseph ouvre la double porte qui donne accès à la salle à manger. C'est la surprise. Sa surprise. Il a mis des bougies aux chandeliers, sur la table. Un feu craque dans l'autre cheminée. Il a mis en place les plus belles pièces d'argenterie. Rutilantes.

Nous sommes riches, Sarah, riches. Nous allons veiller un mort.

Clara s'approche d'Antoine. Il lui refuse son bras et lui fait signe d'entrer seule, en premier. Maman hésite un peu. Elle ne sait plus aller tout droit, toute seule. C'est tout. Autrefois, il y avait quelqu'un pour la guider. Maman n'entre pas par le milieu de la porte, mais elle prend un instant appui sur le chambranle de gauche. Elle murmure « Que c'est beau, Joseph, je vous remercie. » Françoise et Sylvie la suivent, de front. Mais Sylvie regarde Françoise de manière narquoise. Xavier fait signe à papa de passer, et suit mon père comme si Gérard n'était pas là. J'entre en dernier.

20

A LA lueur des bougies, la robe bleue paraît mauve. Elle vire au sang. Pas le sang rouge des humains. Mais un sang mauve, divin. Le mauve des vendredis saints quand Jacques et Pierre se faisaient les complices de tous les rites des fêtes de Pâques, dans une église vide, seuls avec le curé. Le peuple de Dieu dormait encore. Tu parles ! Il ne viendrait qu'à la messe de midi. Avec les costumes neufs, les chapeaux neufs et le repas de famille qui mijote sur le feu, pendant ce temps-là. A feu très doux. Le sermon de M. le curé est toujours trop long.

Il fait doux dans la salle à manger. Les rideaux ont été tirés. La nappe de dentelle ressemble à une toile d'araignée immaculée. Une parure d'autel. Et tout autour de l'autel, la famille est assise, comme au banc d'honneur de l'église. Xavier et Gérard sont à gauche et à droite de maman. Françoise et Sylvie à gauche et à droite de papa. Et moi, je suis en bout de table. Xavier à ma droite, Sylvie à ma gauche. Le paradis à droite et l'enfer à gauche. Et je souris à Sylvie. A l'autre bout de la table, il n'y a personne. Une place vide. La tienne, Sarah ? Non, celle de Jacques. Joseph sert un vin blanc sec. Denise apporte un soufflé aux truffes. Elle sert maman, en premier. En premier. Papa se retient de faire remarquer à maman qu'elle se sert une trop grande part. Papa, maman, nous voilà tous dans notre berceau. Sarah, de nouveau, avec un papa-fouettard qui vieillit bien et une maman-caresse qui vieillit mal. Ou inversement. Mais l'un fait toujours le contraire de l'autre. C'est leur règle. Leur chemin. Sans croisée de chemins.

Françoise se sert modérément, élégamment. Puis elle attend, les mains sous la table, comme une Anglaise en visite. Xavier remarque ce détail. Françoise regrette peut-être ce qu'elle lui a dit tout à l'heure. Au tour de Sylvie. Elle félicite Denise. Elle explique qu'elle n'a jamais su faire la cuisine, elle. Puis papa se sert largement. Il décapite carrément le soufflé. Il aime la croûte. Il est chez lui. Il vole les voleurs qui l'entourent. La fête est devenue inutile pour lui. Xavier, Gérard, puis mon tour. Je gratte le fond, moelleux, pulpeux. On m'a toujours servi en dernier dans cette maison. Je pourrais te faire une description gastronomique de tous les fonds de tous les plats. Denise me glisse à l'oreille « Il y en a un autre. » Maman soulève sa fourchette. Le dîner commence.

La fourchette d'argent. Jacques n'aimait pas les garçons du village. Et les garçons du village le lui rendaient bien. Quand Jacques était au village, le curé le choisissait entre tous pour servir la messe. Et les garçons du village ne pouvaient plus voler l'argent de la quête. Cela dit entre autres querelles. Mais Jacques surtout, en tout contact, se montrait rebelle. Il avait d'autres rendez-vous plus importants. Avec le fleuve, le vent, les collines et les bois. Il ne regardait personne droit dans les yeux, mais droit derrière les yeux, très loin derrière. Son regard invitait aux voyages. Jacques avait un regard vagabond. Un regard qui échappait à la loi familiale du Rivier, à la loi sociale du village. Tout pour lui était source de jouissance. Et s'il acceptait de servir la messe, c'était, disait-il « pour faire quelque chose pendant ce temps-là, sinon je m'ennuierais ». Aussi, un jour, longtemps avant que Jacques emmène Pierre pour la première fois à Silvacane, les garçons du village s'étaient-ils moqués de lui. Ils chantaient « Ah ! parigot tête de veau, et parisien tête de chien. » Jacques avait provoqué leur chef en duel, après le dîner, au bord du fleuve. Pierre avait deviné que son frère était en danger. Il ne savait pas trop quand, ni comment. Mais quand son frère, ce soir-là, avait quitté la table précipitamment après le dîner, il avait eu peur. « Tu ne finis pas ton dessert, Pierre ? » avait demandé Mme Dauzan. Pierre serrait très fort dans la main sa fourchette d'argent. « Non, maman, je n'ai plus faim. » Le dîner terminé, il s'esquiva, lui aussi, sans rien dire. La nuit tombait. Il descendit vers le ponton, guetta la rive. En amont du village, près de la promenade de tilleuls, il devina des ombres, en cercle. Il se mit à courir le long du fleuve. Les orties fouettaient ses jambes nues. Son cœur battait comme un tambour. Il arriva essoufflé. Se tint à distance, dans l'ombre. Les garçons du village formaient un cercle et au centre, Jacques, torse nu, se battait avec Abel, le fils du garde champêtre. Abel n'était pas le chef, mais le chef l'avait choisi pour sa taille. Il le croyait invincible. Jacques le plaqua au sol en répétant « J'ai gagné, dis-moi que j'ai gagné. » Il lui tordit les bras à plusieurs reprises. « Dis-le. — Tu as gagné. » Jacques se releva, ramassa sa chemise. Les garçons du village s'écartèrent sur son passage. Pierre sortit de l'ombre. « Mais tu es fou, que fais-tu là ? Il tira l'oreille de son petit frère en lui montrant le chemin du Rivier. « Et puis, qu'est-ce que c'est que cette fourchette à la main ? » Fourchette d'argent. Arme blanche.

« Ce soufflé est délicieux. J'en reprends. » Cette fois, Denise a servi Pierre en premier. « Un peu de croûte, monsieur Pierre ? »

Le bruit des fourchettes dans les assiettes vides. Un bruit français. Inévitable quand on a trop à se dire, quand on n'a plus rien à se dire, quand la famille décapitée croit pouvoir encore hocher la tête. En signe de dépit ou en signe d'admiration gourmande. Ou bien encore en signe de désespoir, quand on a compris que tout espoir naît d'un désespoir. Xavier imite Françoise. Il a fini. Il met les mains sous la table. Posément. La famille Dauzan est propriétaire de ses beaux-fils tout comme elle l'aurait été de ses belles-filles.

M. Dauzan observe son épouse. Il ne se souvient plus très bien de l'événement de la robe bleue. Il est choqué. Il ne sait pas exactement pourquoi. Même ce détail le frustre. Jaloux de la mémoire de ceux qui l'entourent, il la qualifie volontiers de maladive. Et pourtant, il se sent encore plus blessé. Gérard demande à Mme Dauzan s'il peut fumer à table. « Comment pourrais-je vous dire non, Gérard ? » M. Dauzan sourit amèrement. Sylvie sourit à Pierre, se penche et l'embrasse sur la joue gauche. « J'en avais envie comme ça, dit-elle aux autres. Je suis peut-être jalouse de Sarah. » Le nom de Sarah jette un froid. M. Dauzan regarde la place vide.

Denise retire les assiettes et les petites fourchettes. Met en place de grandes assiettes. « Attention, elles sont brûlantes. » Autre ironie. « Madame est servie », « les assiettes sont brûlantes. » Pierre sourit. Joseph sert du vin rouge. Donggg. Neuf heures et demie. Avec un coup pareil, dans un silence pareil, le Rivier pourrait s'enfoncer dans la vase du fleuve. Sables mouvants. Silence. Au cinéma, Sarah et Pierre ne voient jamais les films de la même manière, alors, après, ils se les racontent. Ce qu'ils ont vu, ce qu'ils ont cru. Et ils rient. « Là, tu triches. Tu inventes. Qui t'a appris à inventer comme ça ? Tu n'as pas pu voir ça. » Là, en ce moment, Sarah, je vois la maison qui s'enfonce. A dix heures, à chaque coup d'horloge, nous y passerons tous, tout d'un coup. On ne verra plus que les quatre clochetons d'angle de la maison. Il n'y aura plus de Rivier, plus de quatre saisons. Si tu avais vu leurs têtes quand Sylvie a prononcé ton nom !

Notre amour étourdi, Sarah, gomme le temps.

Le poulet aux morilles. « Et ce sont les premières de l'année », dit Denise. Gérard écrase sa cigarette. Xavier remet les mains sur la table. Françoise ramasse la serviette de son père qui est tombée par terre. Mme Dauzan, toute droite sur sa chaise, les mains de chaque côté de son assiette, donne des petits coups de doigts sur la nappe, comme si elle jouait du piano. Elle regarde tout le monde, ravie. Denise se penche vers elle. « Non, cette fois, vous servez les hommes d'abord. » Elle sourit. « Et gare aux voleurs de morilles », dit Sylvie.

Qui donc osera parler le premier ? Pour Xavier, Gérard est un architecte véreux. Pour Gérard, Xavier est un charlatan faux jeton. Pour Sylvie, Françoise est une peste. Et pour Françoise, Sylvie est une pute. Antoine se sert en premier et regarde Clara. Il sait déjà que Clara refusera de prendre du poulet aux morilles, en dernier, pour ne plus gêner personne. Elle refusera pour lui, à cause de lui. Antoine se sent agréablement coupable. Clara croit gagner à ce petit jeu dont la règle de base consiste à ne jamais se regarder. Les actes, aussi futiles soient-ils, parlent pour vous. Couloir Méditerranée, chambre I. « Et surtout, ne changez pas les draps de mon lit. » Mme Dauzan sourit. Mme Dauzan et M. Dauzan. Clara et Antoine. « Non merci, Denise, je n'en prendrai pas. Je ne dois pas. » Personne n'a osé dire « Mais maman... » Silence. « Ces morilles sont délicieuses », dit Françoise.

La cravate de Xavier est étroite et mesquine. Le nœud trop serré forme un petit triangle parfait. La chemise a un col amidonné. La flanelle du costume est sèche. Les mains de Xavier sont pointues. « Il a des mains coniques, disait Jacques ; elles glissent comme des poissons, mais comme dit papa, c'est un brave garçon. Malin. Il est malin. » Pierre trempe son pain dans la sauce du poulet aux morilles. Françoise le remarque mais fait comme si elle n'avait rien vu. Quand on se tait, on fait semblant de ne pas s'observer. Sylvie a remarqué le petit jeu. Elle trempe son pain à son tour. Gérard amusé fait de même. Mme Dauzan sourit. M. Dauzan pense au magnétophone. Il ira interroger le docteur Gambit sur son entrevue avec Pierre. Il faudra vendre le Rivier. Il exigera de lire les textes de la campagne de publicité pour l'Axoïdian. Il se rend brusquement compte qu'il dîne seul, comme au boulevard Lannes. Denise a regarni le plat de poulet aux morilles. Elle fait de nouveau le tour de la table. Sylvie se lève, prend l'assiette de sa mère. « Goûte-le, maman, c'est moi qui te le demande. » Pierre se lève, prend l'assiette que Sylvie vient de garnir et va la placer devant sa mère. « Merci, Pierre, c'est très gentil. Merci, Sylvie. »

21

DESSERT. Voici le sabayon, le classique préféré de Denise. Les jours de sabayon, Jacques passait toujours avant le repas à la cuisine. Denise riait, criait. Elle avait caché le dessert sous clef, et Jacques la taquinait, la chatouillait. Et quand il trouvait la clef et la cachette, Jacques mangeait le sabayon tout entier et partait en promenade pour le restant de la journée. Denise improvisait alors un autre dessert. « Mais où est Jacques ? — Vous aviez préparé un sabayon, Denise. » Et Denise rougissait.

Motif des assiettes : deux pigeons s'aimaient d'amour tendre. Un feuillage en couronne et deux pigeons qui se donnent la becquée. En médaillon, l'envol du pigeon seul, amoureux. Ce soir, Jacques n'a pas volé le sabayon. Mme Dauzan, instinctivement, remet le col de sa robe en place. « Vous ne dites rien, murmure-t-elle, mais pourtant, nous avons tant et tant de choses à nous dire ! » Elle sourit en se servant. « Peut-être n'avons-nous à échanger que des souvenirs. Ainsi, ce sabayon... » M. Dauzan pose sa serviette sur la table. « Clara, je vous en prie. » Un instant, il a donné l'impression qu'il allait quitter la table. Joseph débouche une bouteille de champagne. M. Dauzan a vouvoyé son épouse. Antoine a dit « vous » à Clara. Sylvie, étonnée, interroge Pierre du regard. Françoise, troublée, remet une chandelle d'aplomb. Gérard allume une cigarette, puis l'éteint nerveusement. Mme Dauzan sourit, très doucement. « Ainsi, ce sabayon est un souvenir. Pourquoi ne pas le dire ? Antoine, je n'ai pas honte de le dire. » Denise fait le tour de la table. Chacun se sert. Puis, Mme Dauzan prend une petite cuillère d'argent. On l'observe. Elle le sait. On l'attend. « Eh bien, dit-elle, cette robe bleue et le sabayon. Deux souvenirs. Je n'ai pas peur. » Elle lève sa coupe. « Le champagne est servi, il faut le boire. Comme un alcool trop fort, à petites gorgées. » Sa voix devient sourde et lointaine. Denise et Joseph quittent la salle à manger. Joseph referme la porte précautionneusement. « Buvons ! Sylvie ? Pierre ? Allons, Françoise. Et vous, Gérard, tchin-tchin ? Xavier ? Vous ne souriez plus, pourquoi ? Et vous, Antoine, Vous. Puisque désormais vous me dites vous comme au temps de nos fiançailles ? » La voix de Mme Dauzan s'est éteinte. Elle porte la coupe à ses lèvres, la repose sur la table, reprend la petite cuillère d'argent et goûte le sabayon. « Eh bien, qu'attendez-vous, ce serait la première fois que vous n'en mangeriez pas. »

« Vous n'auriez pas dû, Denise, c'était une mauvaise idée. — C'est une idée de M. Dauzan,

Joseph. — Comment s'écrit sabayon ? » demande Heidi. Elle prend des notes. Elle a posé sur la table de l'office un carnet et un crayon. « Oh ! ce mot-là, mademoiselle, vous n'aurez pas à l'utiliser très souvent. »

« J'ai visité un musée avec toi, Pierre, et ton frère. A Londres. Te souviens-tu ? J'étais venue vous chercher. Vous aviez passé l'été à Lancing. Au Collège. » Mme Dauzan s'essuie les lèvres délicatement. Boit une gorgée de champagne. Sa voix est redevenue claire. « Nous avions passé deux jours à Londres, et je vous avais traînés dans tous les musées. Tous. Je crois que vous n'aimiez pas ça. Enfin toi, tu ne disais rien. » Silence. Rideaux tirés, pas un souffle d'air, les chandelles ont brûlé de moitié. M. Dauzan n'a pas goûté le dessert. Gérard offre une cigarette à Françoise qui la refuse. « Même ce musée d'artisanat. Il y avait des boîtes à musique, des automates, des personnages de cire, et surtout ces petits théâtres miniatures. On mettait un penny, on regardait, comme avec des jumelles, et ça s'animait. Tu te souviens, Pierre ? » Pierre sourit. « J'en ai conservé un souvenir très précis. C'est curieux. Je me souviens très peu du British Museum, un peu mieux de la Tate Gallery, mais ces petits théâtres, je ne les ai pas oubliés. Je les trouvais charmants. » Silence. M. Dauzan pose de nouveau sa serviette près de son assiette. Il va quitter la table. Mais Joseph revient, une bouteille de champagne à la main. Il passe de nouveau autour de la table. M. Dauzan fait tourner légèrement sa chaise, s'installe latéralement. Il tourne un peu le dos à Françoise. Il baisse la tête. Il se cache. Mme Dauzan poursuit imperturbablement. « Les décors étaient minuscules. Très simples. Entièrement découpés dans des papiers et des cartons légers. Dès qu'on mettait le penny, ça s'allumait. Il y avait des scènes très jolies. Te souviens-tu, Pierre ? » Pierre sourit. « C'était si peu de chose, mais tellement bien fait ! Pas un détail ne manquait. Ainsi voyait-on dans l'un des petits théâtres une carmélite dans sa cellule. La porte, le bouton électrique près de la porte. Le lit, entouré d'un rideau. Une table, une chaise, un crucifix. Une ampoule électrique qui pendait au plafond. En fait, c'était une toute, toute petite perle au bout d'un fil. Et la carmélite près de la fenêtre, en train de lire un livre de prières. On se disait vraiment, c'est peu de chose pour un penny. Et puis brusquement, le crucifix tombait. La lumière s'éteignait. » Sourires. « Nous sommes restés un long moment à regarder tous les petits théâtres. Je ne pouvais plus vous en détacher. Dis-moi, Pierre, que tu t'en souviens. — Très bien, maman. C'était... — Et le couple assis près du feu, te le rappelles-tu ? On se disait tiens, un couple près du feu. Il lit le journal. Elle tricote. On se disait qu'est-ce qui va se passer ? L'horloge sur la cheminée ? Le vase de fleurs sur le guéridon ? Et puis brusquement, un chat passait. La lumière s'éteignait. » Mme Dauzan rit, tout doucement. « Et le couple, dans le lit. Avec des bonnets de nuit. Le réveil sur la table de chevet. Et les vêtements bien pliés sur deux chaises au pied du lit. Un monsieur et une dame, allongés côte à côte, bêtement. On attendait. Puis brusquement, entre les rideaux tirés, un poignard apparaissait puis disparaissait. La lumière s'éteignait. » Tout le monde rit. M. Dauzan se lève. Il sourit. Pour le principe. Dix heures. Dix coups. La maison ne sombrera pas, Sarah, maman a parlé. C'est elle qui a osé.

22

CÉRÉMONIAL familial. Fin de dîner. Le passage au salon. L'heure de l'infusion. Le moment calfeutré de toutes les journées. La terre donne, cet instant-là du soir, l'impression de tourner autour de la famille. On s'installe. On s'observe. Chacun, dans le silence de sa prison, se demande pourquoi il a pu faire fausse route. Et surtout comme tout a commencé. Chacun fait alors l'inventaire de son corps, sa geôle. Et d'une cellule à l'autre, tout est bon pour faire passer des messages. On rêve encore d'évasion. Mais le condamné à mort s'échappe avec sa prison. Il voyage avec. Il s'évade avec. La porte du cœur n'est qu'un dessin sur un mur. Elle n'existe pas. Il faut défoncer le mur. La bourgeoisie n'est plus une caste. Mais un mur qui devient muraille. Les générations et l'argent le rendent de plus en plus inattaquable du dehors comme du dedans. Et dedans, les rêves de compagnie et de tendresse deviennent de plus en plus lancinants. On attend l'inattendu. Deux rideaux s'écartent. Un poignard apparaît puis disparaît. La narration rejoint la fiction. Le souvenir devient symbole. On ne se souvient plus vraiment que de ce qui parle vraiment du présent. Et à se sentir prisonnier, on ne conçoit plus de salut qu'en veillant à ce que la prison des autres soit encore plus sourde, plus isolée. Gambit, tu peux faire tes comptes. Joseph, faites des provisions de bandes vierges pour le magnétophone. Et toi, Pierre, tu peux fuir avec Sarah, vous êtes enchaînés. A respecter le petit bonheur des jours qui passent, à ne rien démasquer ni de l'un, ni de l'autre, vous vous plaquez un masque plus dangereux que les autres. Il colle à la peau. Il est une autre peau. Et le jour où d'aventure il s'arrachera ou sera arraché, la blessure sera incurable, vous serez défigurés, inanimés. Et l'un et l'autre. Mais vous aurez joué le grand jeu de la cellule à deux.

L'heure des infusions. L'heure des cantonades. On fait joujou avec la collection des poignards des grandes familles. Les sofas, sous leurs housses, ont gardé la fraîcheur du passé. Le feu crépite dans la cheminée comme il crépitait autrefois. Et l'on se retrouve identiquement seul. Et l'on crie au secours de plus en plus fort. Et des enfants, entre-temps, sont nés. Une autre génération. A quoi bon vendre le Rivier, papa ? On le porte en soi. Chacun de nous le porte en lui. J'ai un Rivier à la place du cœur. J'ai un village à la place du cœur. Armé d'une fourchette d'argent, je serai toujours là, dans l'ombre, prêt à bondir pour sauver qui aurait pu me sauver. Quelle illusion ! Jacques disait lui-même « Nous tournons tous en rond. Nous nous déchirons pour mieux nous aimer. Je préfère en rigoler.

Ce n'est qu'une rigolade. Je prends un peu de recul. C'est tout ce qu'il y a à faire. Et c'est tout ce que tu pourras faire, petit frère. » Il avait ajouté « On naît dans le cercle et on y reste, quoi qu'il advienne. On fait de la dentelle de sentiments. Et très vite, à ne plus observer l'ouvrage, ne reste que la dentelle. Les sentiments ont foutu le camp. Ils sont dérangeants. »

Au salon, à l'heure des apéritifs, on se frôle pour mieux s'aiguiser l'appétit. Puis on ouvre la double porte de la salle à manger. On se nourrit, on se régale, chacun devant son assiette, en s'évitant. Puis on revient, repus, au salon, pour une dernière tentative. Vin blanc sec, vin rouge, champagne, la famille va ronronner. Une autre manière de biberonner. « Quelle cuisinière, cette Denise ! — Et quels vins ! En douze ans, il doit y avoir un trésor à la cave. » Xavier adresse un regard moqueur à Françoise. Elle vient encore de dire ce qu'il ne fallait pas dire. Chacun cherche sa place. Sylvie bouge les fauteuils autour de la cheminée. Gérard retire sa cravate.

Denise sert le tilleul-menthe. Joseph met en place des cendriers propres. Tant qu'ils n'auront pas quitté le salon, personne ne parlera.

23

« COMME vous avez l'air triste, dit Mme Dauzan, et silencieux ! » Assise sur le rebord du fauteuil, elle pose la tasse de tilleul-menthe sur ses genoux. Ses mains tremblent un peu. Elle mesure ses gestes, prend appui où elle peut. Rien ne doit physiquement la trahir. Après son récit, tout le monde a quitté la salle à manger avec ce regard amusé qu'il est de bon ton d'adopter quand on veut faire preuve de courtoisie. « Si j'étais encore capable d'ironie, je vous dirais que je ne me suis jamais tant amusée, ici. » Elle boit une gorgée de tilleul-menthe. Son geste est bref, économique. Elle le voudrait énergique. « Comme vous êtes vieux ! Vieux. » Elle sourit. « Xavier, retirez donc votre cravate, comme Gérard. Comme Pierre. Je ne veux pas vous voir mourir étranglé, là, devant moi. Quelle comédie ! Antoine, faites quelque chose. Nous réunir ne suffit pas. Il manque un fou, un pitre. Et ce n'est vraiment pas mon rôle. » Mme Dauzan se penche vers son mari, lui tend la main. Les fauteuils forment un parfait demi-cercle autour de la cheminée. De sa main gauche, Mme Dauzan retient la tasse de tilleul-menthe sur ses genoux. De la main droite, elle cherche une autre main. « Tu m'as dit vous, Antoine. Je n'ai pas trouvé cela blessant. C'était... émouvant. » M. Dauzan ne bronche pas. Il sourit nerveusement. « Ne soyez pas ridicule, Clara. Qu'attendiez-vous de plus de cette petite rencontre ? » Mme Dauzan retire sa main. « Que vous me jugiez comme vous, Antoine, en toute franchise. » Mme Dauzan regarde ses enfants. « Vous m'avez choisie pour marraine. Alors, j'ai le droit de dire ce que je pense. Pourquoi nous sommes-nous réunis ? Pour nous éviter ? Pas question ! Et s'il en est question, je préfère demander à Pierre de me raccompagner tout de suite. Il y a une garde de nuit à la clinique. On me laissera rentrer. » Mme Dauzan pose la tasse de tilleul-menthe sur la table basse. « Et je sais qu'en ce moment même, *votre père* m'accuse de chantage. Et il me faut le souligner pour que vous m'écoutiez, franchement. » Mme Dauzan a hésité au moment de dire *votre père*. Une manière détournée de ne plus avoir à tutoyer, à vouvoyer son mari. Elle ne sait plus. Ce détail ne doit pas l'empêcher d'aller, de parler.

« Vous avez peur de ma clinique ? Alors, vous avez peur de vous. Cette manière que tu avais, Françoise, de me parler à voix basse quand tu m'as rendu visite. Que crois-tu ? Mais voyons, tu avais peur de t'entendre. Et moi je me disais, elle est folle, elle est sourde. Que vient-elle faire là, pour me parler comme ça, à mi-voix ? Mais oui, je vais tous vous accuser. C'est mon cadeau de marraine. » M. Dauzan se lève. « Et maintenant, *votre père* veut quitter ce salon, mais il ne le fera pas. Il ne doit pas manquer à son devoir. Antoine ? » Elle sourit. « Courage, Antoine. Cela fait des années déjà que j'apprends le rôle que vous me faites tenir ce soir. Trois ans ? Je ne compte plus les journées. Et les saisons passent, je ne m'en rends même plus compte. L'autre jour, on m'a servi des asperges, cinq asperges au milieu d'une assiette avec une cuillerée de sauce gribiche. C'était ridicule. Tellement ridicule que cela me plaisait. Mais l'infirmière qui me portait mon plateau m'a dit que c'étaient *les premières asperges de l'année.* Alors, tout dans ma tête s'est mis à tourner. Les premières asperges de l'année ? Mais quand donc étions-nous ? Quel mois ? Il y a des vieux qui se recyclent. Moi, je me suis complètement décyclée. » Mme Dauzan pose ses mains à plat sur les rebords du fauteuil. « Vous me faites faire une escalade sur une paroi lisse. Mais je ne glisse pas. Je lis. Je regarde la télévision. Je n'attends plus vos lettres et vos visites. Ce qui est une manière de lire vos lettres et de jouir de vos visites. J'ai au moins cette satisfaction. Vous ne me devez rien. Et vous me le prouvez. Vous devez tout à votre père et vous ne le lui prouvez pas. — Clara, je vous en prie. — Antoine, ne me parlez pas sur ce ton-là. Faites-le pour vous, pour moi, et pour eux. » Mme Dauzan regarde ses enfants. Avec douceur. Bonheur. « Je voudrais tant, aussi, que nous parlions de Jacques ! Librement. Ce deuil-là ne nous sied pas. Ou bien, faudra-t-il admettre que nous sommes morts, nous aussi. Non, Gérard, ne partez pas. Ecoutez, vous aussi, pour une fois qu'une personne parle, ici. Tenez, approchez-vous, asseyez-vous là, près de moi. Donnez-moi votre main. Voilà. Parfait. Vous ne vivez plus avec Sylvie ? Et puis après ! Un drame pour vos enfants ? Je ne le crois pas vraiment. Ce ne sont pas les parents qui créent les drames de leurs enfants, mais les enfants eux-mêmes. Quels que soient leurs parents, unis ou désunis. Jacques n'était pas heureux, ici. Et pourtant, Antoine et moi, nous formions ce que d'autres appellent un couple parfait. Alors, restez. Et vous, Xavier, secouez-vous. Eh bien, retirez votre cravate, cette fois je vous le demande. Et j'attends. Je ne veux plus vous voir comme ça, tiré à quatre épingles dans ce salon. Ça pique, les épingles. » Françoise sourit. « C'est curieux, dit Mme Dauzan, j'avais oublié jusqu'au son de ma voix. Quand je vous parlais du musée, j'avais l'impression que quelqu'un d'autre que moi parlait. J'ai voulu m'éloigner de moi-même. Je suis sûre que vous ne m'entendiez plus. Mais maintenant, c'est moi. Ma voix. Me voilà. Allons, Antoine, revenez vers nous. Asseyez-vous. Là. Sylvie, occupe-toi de ton père. Va chercher un coussin. Et toi, Pierre, remets une bûche dans la cheminée. Et souriez tous. Tous. Souriez. »

« Et votre voix, Xavier, au téléphone, quand par obligation vous m'appelez. Je voudrais tant que vous vous entendiez une fois, au moins une fois ! D'abord, votre secrétaire. *Un instant, je vous prie, monsieur Grandpierre veut vous parler.* Une voix chantante. J'ai le temps de me dire, tiens, nous sommes vendredi soir. La semaine est passée très vite. Xavier va me demander si ça va, et je vais répondre que ça va très bien, merci. Faites-moi plaisir, Xavier, à l'avenir, appelez-moi quand vous penserez vraiment à moi. Même si vous ne devez jamais m'appeler. Je comprendrai. Mais ces coups de téléphone réguliers, chaque semaine, pour ne rien me dire... Je suis même sûre que maintenant vous vous sentez un tout petit peu ridicule. »

« Joseph et Denise vont aller se coucher, et vous ne les avez même pas remerciés. Vous ne leur avez même pas dit bonsoir. Pierre, va les chercher. Prends n'importe quel prétexte. Un peu plus de tilleul-menthe. Ou bien l'électrophone. Dis à Joseph que tu ne sais plus le faire fonctionner. Et si tu choisis un disque, mets la Ballade pour piano de Fauré. Il y a tellement longtemps que je ne l'ai pas écoutée ! »

Pierre se lève, sort, laisse la porte du salon ouverte.

« Et Sarah, j'aurais tant voulu revoir Sarah ! Ne plus avoir à la cacher en moi. Pierre et Sarah ne se marient pas, et puis après ? N'est-ce pas, Antoine, si tout était à refaire ? Et vous, Gérard ? Et toi, Françoise ? Non, Xavier, ne vous offusquez pas. Depuis que ma fille vit avec vous, je ne la reconnais plus. Elle avait des défauts, elle ne les a plus. Elle a des enfants à la place. » La voix de Mme Dauzan parle posément, comme de la pluie et du beau temps. Sylvie est heureuse. Parle, maman, parle.

« Et toi, Sylvie, cette lettre que j'ai reçue de toi la semaine dernière. Cette écriture désordonnée, ces fautes d'orthographe, cette page que tu avais remplie en vitesse... Pourquoi m'écrire de telles lettres ? Ça ne sert à rien. Tu te fais mal. Alors, je te le dis, ce soir, devant tout le monde. Ces torchons me blessent aussi. Je ne les lis même pas jusqu'au bout. Je les jette. Et pour ne pas avoir à les revoir toute la journée au fond de la panière, j'appelle la femme de ménage de l'étage. Je la dérange à cause de toi, à cause d'un seul petit bout de papier froissé. Et parfois, je me demande si elle ne va pas faire un rapport au docteur. Les docteurs attachent beaucoup d'importance à ces détails-là. Mme Dauzan m'a fait venir pour un bout de papier ! »

Denise entre. « Je crois, Denise, que nous avions besoin de vous. Le tilleul-menthe n'était qu'un prétexte. » Denise regarde Mme Dauzan, étonnée. « Nous voulions vous remercier. Mieux que ça, nous voulions vous dire que pas un d'entre nous n'a su trouver les mots pour vous dire que la maison est belle, vivante. Grâce à vous. »

Joseph apparaît, suivi de Pierre. Ils se dirigent vers l'électrophone. Denise a murmuré « Merci, madame. — Restez là, Denise, un instant encore. Nous allons écouter cette musique qui, autant que je me le rappelle, vous plaisait plus que le jazz dont Sylvie raffolait. » Joseph sourit. Il branche l'électrophone. Pierre lui tend le disque. « Bravo, Joseph, dit Mme Dauzan ; le disque est rayé, mais nous le connaissons par cœur. C'est une musique tendre et raisonnée. Une belle musique française. Joseph, à votre tour, nous vous remercions tous. » Mme Dauzan se lève. Denise fait un geste pour l'aider. « Je veux maintenant visiter le salon. La véranda. Comment avez-vous fait, Denise, en tant d'années pour ne pas oublier la place de chaque objet ? » Elle rit. « Pierre, offre-moi ton bras. Nous avons fait le tour des chambres, mais pas celui des pièces de réception. C'est curieux, *de réception*, tu ne trouves pas ? Cela veut dire des pièces où l'on reçoit. Mais aussi des pièces où il est dangereux de donner. » Mme Dauzan se serre contre Pierre, regarde la cheminée, et tous ces visages qui la scrutent. « Je crois qu'en nous aussi, les objets n'ont pas changé de place. Cette Ballade pour piano de Fauré est bien belle. Je vous quitte. Je vais faire un petit tour avec Pierre. Oh ! juste à côté. Si vous désirez me parler, vous n'avez qu'à m'appeler. »

24

PIERRE ouvre la porte-fenêtre de la véranda. Mme Dauzan entraîne son fils sur le perron. « Evidemment, je n'ai rien dit de ce que je voulais dire. Cet après-midi, dans la voiture, j'étais curieuse de ce que le docteur Gambit avait pu te dire. Mais à chaque silence, je me répétais tout ce que j'avais à vous dire. Et, bien sûr, j'ai tout oublié. » Elle rit. « J'ai oublié ! Descendons dans le parc, veux-tu ? — Mais, maman, tu vas attraper froid. — Alors, serre-moi très fort dans tes bras. »

« Parle-moi de Jacques. »

Les lauriers et les lilas ont envahi le parc. Les allées sont devenues des sentiers. L'herbe recouvre totalement le gravier. Le vent fait craquer les branches des noyers. « Je veux faire tout le tour du parc. »

« Et ces enfants qui ont peur de moi. Surtout les aînés. Tu as remarqué ? » Le pas de maman, hésitant, chavirant. « Ecoute, on entend la musique. De loin, elle est encore plus belle. Enfant, j'aurais voulu danser. Qui sait, j'aurais pu être une danseuse extraordinaire. Il n'y a jamais de concerts à la télévision, tu sais. » Silence. « Et toi, emmènes-tu Sarah au concert ? — Oh ! tu sais, maman... — Tu devrais le faire, une fois au moins, pour moi. »

« C'est curieux, en descendant du perron je ne voyais rien, et maintenant je vois tout. Regarde, le tennis. » Le grillage est rouillé, crevé par endroits. Le terrain est couvert d'orties. Le siège d'arbitre est couché à terre. « Je ne sais pas pourquoi je t'ai demandé de me parler de Jacques. Car tout me parle de Jacques, ici. Tu m'as photographiée, ici. Tu étais là, avec l'appareil que nous t'avions offert pour tes seize ans. Jacques était là. Et moi, comme ça. Comme ça. » Mme Dauzan se détache de Pierre. Elle tend la main, devant elle, comme si elle voulait caresser les cheveux de Jacques. Elle rit. « La rose, il me tendait une rose. — Viens, maman, viens. »

Ils rebroussent chemin. « Regarde, il y a de la lumière aux fenêtres de la maison. Parfois, je rêve que je reviens au Rivier. Mais je ne le vois jamais comme ça, illuminé. Les enfants ne dorment pas encore. J'ai froid. » Pierre serre sa mère très fort dans ses bras. « Viens me voir un jour avec Sarah, sans me prévenir, surtout n'importe quel jour, mais viens. Nous irons dans la forêt. — Mais maman, tu ne vas pas rester toujours dans cette clinique ! — Où veux-tu que j'aille ? Boulevard Lannes ? Ici ? Ton père vient de vendre cette maison. J'ai signé l'acte de vente la semaine dernière. Elle m'appartenait, tu sais. Elle ne m'appartient plus. Ton père voulait seulement vous l'annoncer après le baptême. — Denise le sait ? — Je crois. — Et Joseph ? — Evidemment. — Et les autres ? — Non. Enfin, je ne sais pas. Ton père n'est pas très fier de lui. Après le baptême. — Alors, tu devrais voyager, maman. — Mais je lis, je fais le tour du monde en lisant. »

Attention. Une marche, puis deux. « Je n'y vois plus rien. — Mais tu pleures, maman ! — Oui, mais ce n'est rien, ça me fait du bien. » Les marches du perron. Le perron. La porte-fenêtre de la véranda. « Promets-moi de rester avec moi demain, Pierre, tu me le promets ? »

Pierre referme la porte-fenêtre. Mme Dauzan sourit. « Tu te souviens du jour où Mme Lalanne s'est brûlée les lèvres en buvant son café ? » Ils rient. « Et le jour où elle s'est pris les pieds dans le tapis de l'entrée ? » Ils rient. « Je ne te l'ai jamais dit, Pierre, Mme Lalanne est ma marraine. Mais oui. J'ai encore ma marraine. »

Le bras de l'électrophone tourne à vide sur le disque. Xavier s'est assis sur le rebord du fauteuil dans lequel Françoise a pris place. Il a défait le col de sa chemise. Il fume un cigare. Françoise, tour à tour, regarde son père, puis son mari. Gérard a repris sa place, debout, près de la cheminée. Sylvie s'est assise, jambes allongées devant le fauteuil de son père. Denise et Joseph sont repartis. Voici de nouveau la famille, toutes portes fermées. Pierre retourne le disque. Concerto pour la main gauche, de Ravel. « Ne croyez pas que j'aie pleuré, dit Mme Dauzan en souriant. C'est le vent. »

Jacques accusait toujours le vent. « Qui a mangé toutes les amandes du kouglof ? — C'est le vent, maman. — Qui m'a pris la clef du cellier ? — C'est le vent, maman. »

« Eh bien, de quoi parlez-vous ? — Des enfants, maman, dit Françoise. — De tes enfants, précise Sylvie en caressant du bout du doigt la table basse. — Pourquoi, tu n'as pas de problèmes avec les tiens ? » dit Françoise. Sylvie hausse les épaules. « Bon, dit Gérard, avec votre permission, Mamie, je vais me coucher. » Gérard embrasse Mme Dauzan, serre la main de M. Dauzan. Xavier et Françoise se lèvent. « Nous aussi. N'est-ce pas, chéri ? — Ça, murmure Sylvie, c'est un chéri de trop. — Pardon ? — Je n'ai rien dit, Françoise, je n'ai rien dit. » Embrassades. Gérard, Xavier et Françoise quittent le salon en refermant précautionneusement la porte. Restent Mme Dauzan qui fait signe à Pierre de venir s'asseoir près d'elle, M. Dauzan qui regarde le feu, et Sylvie, bras croisés, jambes allongées. Elle prend une cigarette et l'allume, regarde Pierre. « Peux-tu demander, petit frère, à papa, gentiment pour qu'il ne se fâche pas, si c'est vrai que le Rivier a été vendu ? » Pierre regarde son père. Mme Dauzan ferme les yeux.

25

C'EST ainsi, Sarah, que tout a commencé. Comment Sylvie l'avait-elle appris ? « Par des amis que j'ai rencontrés au ski. — Et qui sont ces amis ? a demandé mon père. — Des amis... » Sylvie écrase sa cigarette dans une soucoupe. Puis elle se sert un peu de tilleul-menthe. « Maintenant, il est froid, il est amer, c'est tout ce que j'aime. » Elle se retourne vers mon père. « Et quand comptais-tu nous prévenir ? » Mon père ne répond pas. Sylvie se lève, puis elle se met à marcher dans le salon, tête baissée, se donnant des coups de pied, comme un enfant, mains dans le dos. « Et toi, maman, tu as accepté ? Autant que je me souvienne, le Rivier faisait partie de ta dot et vous vous êtes mariés sous le régime de... — Oui, Sylvie, j'ai accepté. J'ai accepté d'aller en clinique aussi. Vous avez tous tellement insisté ! Je dis bien tous. Même toi, Pierre. Puisque tout ce que tu as pu dire lorsque vous vous êtes réunis à l'usine pour parler de moi n'a servi à rien. » Elle sourit. « J'étais au courant, moi aussi... Des amis qui revenaient du ski me l'avaient dit. — Je ne trouve pas ça drôle, maman. — Mais ce n'est pas drôle, Sylvie. » Le sourire de ma mère, Sarah, étrange, serein. Un sourire qui invariablement ponctue chacun de ses aveux. Un sourire que Jacques tenait d'elle, ce sourire que je tiens de Jacques et que tu me reproches, parfois, les soirs où nous faisons semblant de nous quereller. Et ce soir, l'acte premier terminé, je suis monté dans ma chambre. J'ai laissé la porte ouverte. J'ai fait glisser mon lit sur le parquet, tout doucement. De mon lit, je vois le lit de Jacques, la fenêtre de sa chambre ouverte sur le parc. Le volet de gauche claque et se cogne à la branche du noyer. Je ne peux pas dormir. Cette nuit sans toi. Alors, je te parle. Si tu savais tout ça, tu croirais que pendant tant d'années j'ai seulement fait semblant d'être avec toi. Et cette histoire de notre chien, je n'aurais pas dû te la raconter. Alors, je te parle à voix basse. Ecoute.

Sylvie est allée chercher Gérard, Xavier et Françoise. Xavier portait un pyjama de soie noire bordée de rouge, Françoise une chemise de nuit rose tendre, et Gérard avait enfilé un blue-jean et un tee-shirt. « Que se passe-t-il ? » Mon père ne bronchait pas. Toujours assis dans son fauteuil, le regard rivé sur la cheminée, l'air désabusé et tenace à la fois. Quand Sylvie était sortie, ma mère m'avait demandé d'aller chercher un châle dans sa penderie. Sans doute avait-elle peur de se retrouver seule avec moi et mon père. Ou bien voulait-elle cacher la robe bleue. Quel pourrait être le sentiment d'une actrice qui oublierait de changer de costume entre deux scènes capitales ? Il lui fallait le châle.

Quand je suis redescendu, avant Sylvie et les autres, mon père et ma mère n'avaient pas bougé. Ils ne s'étaient rien dit. Ma mère avait seulement retiré ses bagues. Elle les mettait dans son sac. Elle s'est penchée, j'ai posé le châle sur ses épaules. Ma mère d'un geste m'a fait alors remarquer que le disque tournait à vide. Je ne savais pas comment arrêter l'électrophone. Je l'ai débranché. Quand je me suis relevé, Sylvie et les autres venaient d'entrer, comme Pierrots et Colombines. Ils ont répété plusieurs fois « Que se passe-t-il ? » Françoise s'est même approchée de mon père et lui a caressé le front. « Mais que se passe-t-il ? »

Je suis resté à l'écart, près de l'électrophone. J'ai rangé le disque de la Ballade pour piano de Fauré dans sa pochette. Je l'ai placé dans la bibliothèque. Ils se sont mis à parler, à voix très basse, trop douce. Peut-être avaient-ils peur d'être entendus de la maison. Minuit. Douze coups. J'ai pensé à l'horloge qui livrait son dernier grand assaut de la journée. Ils ont tous pensé à l'horloge. Sylvie se mit alors à parler très fort « Et vous avez vendu la maison avec tous les meubles, tous les objets, tous nos objets ! » Françoise prit Sylvie par le poignet et la regarda longuement, droit dans les yeux. « Oh ! toi, laisse-moi. Ecoute, papa, je ne te poserai qu'une question, une seule : pourquoi avoir gardé le Rivier pendant douze ans, douze, depuis la mort de Jacques ? J'ai bien dit la mort. Et j'ai bien dit Jacques. La page est tournée. Jacques était beau. Jacques était intelligent. Jacques était le meilleur et le plus fou. Mais Jacques est mort. Et je l'aimais autant que vous, même plus que vous puisque chacun de nous prétend l'aimer plus que tous les autres réunis. Pardon, Gérard, pardon, Xavier. Vous ne l'avez pas connu comme nous l'avons connu. Pourquoi caches-tu ta robe, maman-Clara-Iris, et ce sabayon, vous l'avez mangé, oui ou non ? Et tout à l'avenant. Et jusqu'à toi, Françoise, avec ton millionième bébé. Mais il y a des milliards de noms, Robert, Roger, Maurice, n'importe quoi, tu n'avais qu'à demander à ta concierge d'en trouver un. N'importe lequel. Mais pas Jacques. Pas Jacques ! Et le Rivier est vendu. Vendu. Et croyez-moi, maintenant, je ne regrette plus d'être venue ce week-end avec mes gosses pour qu'ils voient ça, demain, pour qu'ils vous voient, demain. » Gérard empoigne Sylvie. « Mais laisse-moi ! Qu'est-ce que vous avez tous contre moi ? Dès que quelqu'un parle, ici on l'attaque. »

Alors, mon père s'est levé. Il a souri. Il s'est approché de Sylvie et lui a caressé la joue. « Ah ! non, pas ça, papa ! » Sylvie repousse Gérard et fait quelques pas, à reculons. « Moi, j'ai renoncé à vous aimer. Car nous ne pourrons jamais nous aimer. Et je ne pourrai jamais aimer qui que ce soit d'autre. Je sais. Et j'en ai pris mon parti. Je l'ai compris. Accepté. Affaire classée. Maman en clinique, le Rivier vendu, à qui le tour, quelle sera ta prochaine idée, papa ? Ta prochaine preuve d'amour ? »

Françoise s'est réfugiée près de Xavier. Maman s'est levée. Elle s'est dirigée vers la véranda, lentement, très lentement. Elle s'est approchée de la baie vitrée et s'est mise à regarder le fleuve, la nuit, les mains croisées dans le dos. Son châle tomba. Je voulus aller le ramasser. « Ah ! non, Pierre ! cria Sylvie. Reste ici. » Elle s'approcha de mon père. « Et si tu aimais maman, simplement. Et si tu nous aimais simplement. Et si tu t'aimais simplement. Il fallait vendre le Rivier tout de suite après la mort de Jacques. Cette maison fermée, c'était un cercueil ouvert. C'est un cercueil ouvert. Ça, ça, et ça... tout ça c'est Jacques, Jacques, Jacques ! »

Si tu les avais vus, Sarah, ils avaient l'air de pantins. Je te montrerai une des premières cartes postales que Jacques m'a envoyées d'Algérie. Il a écrit « Petit frère, j'ai vu des trucs moches, hier. Les hommes se souviennent mal qu'on leur a interdit, enfants, d'ouvrir le ventre des pantins... » Je suis, Sarah, dans mon lit, dans des draps trop doux, la tête calée sur un oreiller, trop doux lui aussi. Le fleuve ne coule plus. Comment ai-je pu échouer ici dans ce lit ?

Ils ont décidé de se calmer. Ils se sont tous assis dans des fauteuils, autour d'un feu mourant.

Xavier avait oublié son pyjama, Françoise sa chemise de nuit. Sylvie demandait déjà pardon à mon père et Gérard semblait très à l'aise, presque amusé. Maman resta dans la véranda, face au fleuve. Je crois qu'elle n'écoutait plus ce qui se disait. Moi, je me suis assis près de l'électrophone. Ils m'ont appelé. Je crois que j'ai répondu que je préférais rester là.

Mon père a parlé du partage des meubles. Ils pourraient le faire le plus vite possible. Demain matin ? Demain matin !

26

PUIS, ils se sont tous levés. « Bonsoir, maman. — Bonsoir, Pierre. » A distance. Ils ont embrassé mon père. Comme des enfants. Gérard prit Sylvie dans ses bras. Etait-ce émouvant ? Un peu trop, peut-être. Une de ces scènes de réconciliation qui suivent, en famille, de si près les scènes de cris. Françoise a même embrassé Sylvie. Du bout des lèvres. Sur les deux joues. C'était sans doute une manière déguisée de la remercier d'avoir osé parler. Les deux couples disparurent. Mon père nous dit bonsoir une seconde fois. Mais maman ne se retourna pas. Moi, je baissais la tête. « Bonsoir, 'pa. » Mon père laissa la porte ouverte. J'entendis son pas dans l'escalier. Puis le grincement de la porte de sa chambre au premier étage. La maison parlait, elle aussi. Maman se retourna. « Ils sont tous partis ? » Elle s'approcha de moi. « Je n'aime pas leurs cris. » Elle remit le châle sur ses épaules et s'approcha du feu. « Ils l'ont laissé mourir. Qu'avaient-ils donc de si important à se dire ? J'avais oublié ce que pouvait être un feu de bois dans une cheminée. Tu te souviens, Jacques en faisait, même en été, quand, certaines fois, il se faisait une obligation de rester avec nous. Ton père le blâmait. Jacques disait que c'était pour le plaisir. Que c'était beau ! Et c'est beau. » Maman me regarda. « Tu devrais remettre le disque, en sourdine. Ecoutons-le une dernière fois. Et puis après, nous irons nous coucher. »

« J'aime cette musique à la fois mesurée et démesurée. C'est ce que Jacques disait. La beauté l'exaspérait. Je ne comprenais pas très bien ce qu'il voulait dire, mais ce soir, je comprends. Et cet air, là, maintenant, il m'arrive de le fredonner en me promenant. Jacques détestait que l'on fredonne la musique en l'écoutant. Il me disait, arrête, maman, mais moi, je ne m'en rendais pas compte. » Silence. « Ne reste pas loin de moi. Assieds-toi là, en face de moi. » Minuit et demi. Un coup, un seul. Une nouvelle journée commence. « Pourquoi portes-tu cette montre cassée ? Tu ne veux pas la faire réparer ? » Je souris. Je pense à toi, Sarah.

« Que vont-ils faire, demain ? Ils vont se lever très tôt. Ils vont venir te réveiller. Ils vont tout se partager. Et tu devras être là. Tu ne veux rien emporter, dis-moi ? On n'emporte rien dans ces cas-là. » Dans ces cas-là.

Alors, je me suis levé, je me suis assis sur le rebord du fauteuil dans lequel maman se tenait droite, comme si elle avait peur de s'abandonner.

J'ai remonté le châle sur son cou. Je lui ai caressé les cheveux. Une tendresse que l'on pourrait avoir pour une poupée toute déglinguée que l'on retrouve après des années et des années. Chez nous, Sarah, les filles collectionnaient les soldats et les garçons les poupées. Nous rêvions tous de ce que nous n'étions pas. Alors, maman s'est abandonnée. Elle s'est laissé envelopper par le fauteuil. Et elle a murmuré « Tu as raison, je crois que je vais voyager. Je demanderai à ma marraine de m'accompagner. Et nous ne ferons que des voyages, tout le temps. C'est facile, maintenant. J'irai revoir tout ce que j'ai mal vu, avec ton père, pressé qu'il était de tout se faire expliquer. Il lui fallait toujours des guides, des archéologues. Et quand nous ne trouvions personne, je me crevais les yeux à lire les Guides bleus. Je n'avais même pas le temps de regarder. Je n'ai jamais fait de beau voyage avec ton père. »

« Ecoute cette musique, comme un impromptu. Sans fin. Sans début. Un cri du cœur. Un vrai. Qui ne finit pas. Qui ne commence pas. Et c'est sans doute pour cela que Jacques l'aimait tant et m'a appris à l'aimer. Enfant, Jacques me faisait peur. Je croyais avoir un fils fou. Il pensait le contraire de ce que je pensais, disait le contraire de ce que j'attendais qu'il dise. Il ne voulait de limites en rien. Il me démontrait que toute limite n'était que convention. Il ne voulait pas d'une mère conventionnelle. Alors, je l'ai laissé grandir. Je l'ai même laissé te ravir. Et secrètement, je me suis mise à penser comme lui, à tout dire comme lui. Mais secrètement seulement. Ton père me faisait peur. Et quand Jacques est mort, ma vraie douleur fut de penser qu'il ne serait plus là pour me guider. Je n'avais que sa connivence et son humour. C'était, comme disent les dames qui ont oublié d'être sensibles, ma *raison de vivre*. Donne-moi la main. »

« Et puis, très vite, tu as rencontré Sarah. Je me souviens du jour où ton père t'a dit devant moi que tu ne pouvais pas épouser cette juive. Il le regrette maintenant. Mais on ne pourra pas changer ton père. Il s'est choisi le rôle de l'étranger. Je ne le connais pas. J'ai de l'admiration pour lui, et je ne sais même pas pourquoi. Je ne l'ai jamais quitté, et je ne sais même pas pourquoi. Peut-être parce que c'est le seul homme, le seul que j'aie jamais connu. Sais-tu que j'étais très jeune quand je l'ai épousé ? »

« Sarah te connaît-elle bien, elle, au moins ? — Oh ! tu sais... — Mais vous êtes heureux, ensemble ? — Je crois. — Et vous ne vous quittez jamais ? — Si... ce soir. » Maman sourit. « Vous aurez un enfant un jour, un vrai, ou deux. — Qui sait ? » Je crois que j'ai ri à ce moment-là. Maman a serré ma main dans la sienne. « Inutile de te dire que cette fois, j'accepterai vraiment d'être la marraine. »

« Je ne vais plus à l'église. Et toi ? » Nous avons ri. Le disque était fini. « Remets-le, au milieu. » Je l'ai remis au début. J'étais heureux. « Et mets une bûche, que ça flambe un peu. »

« Tu as remarqué, dans la nuit, on ne distingue même plus le fleuve. Je l'ai observé longtemps, longtemps, mais je ne distinguais rien. Il n'existe peut-être plus. Tu te souviens, vos baignades ? Vous traversiez le fleuve à la nage. Ton père vous l'avait interdit. Il avait peur des péniches et des tourbillons. Mais vous le faisiez en cachette. Et moi, je vous observais de la terrasse. J'étais à la fois morte de peur et de bonheur. Vous le faisiez quand même. — Et Jacques me disait, maman nous regarde, tu sais. — Jacques te disait ça ? — Je te le jure. »

« Que vont-ils faire de tous ces meubles ? Ils parlent tous. Je ne comprends pas Sylvie. D'un côté elle... et de l'autre... » Paroles en suspens. La bûche se met à flamber. « Je crois, dit maman, qu'ils ne dorment pas. Ce n'est pas possible. Comment pourrait-on dormir, une dernière fois, dans cette maison ? »

Une question me vient aux lèvres « Et qu'a dit Denise ? — Papa lui a donné beaucoup d'argent. Et puis, tu sais, elle attendait la vente du Rivier depuis douze ans. » Beaucoup d'argent.

« Tu as les mains douces, Pierre, les mains de mon père. » Silence. « Les miennes tremblent un peu. Xavier, un jour, m'a conseillé de prendre de l'Axoïdian. Mais le docteur Gambit s'y est opposé. Peut-être veut-il que je ne parte jamais. Je ne suis pas vraiment malade, et il le sait. »

« Peut-être ferons-nous un grand voyage, toi, Sarah et moi. Qui sait ? »

27

ETEINDRE les lumières, une à une. D'abord la véranda, ensuite le salon. Un peu comme si la nuit arrachait des pans de mur à la maison. Un peu comme si le fleuve s'était réveillé pour ravir les dernières pièces à conviction. « A quoi penses-tu, Pierre ? Tu me parles si peu ! »

Avec tous ses manteaux suspendus, ses cache-col qui pendent, le vestiaire de l'entrée ressemble à un gibet. « Pourquoi es-tu si rêveur ? Dis-moi. Tu as l'air ému. » Comment partager un émoi ?

Puis l'escalier. La main de maman glisse sur la rampe. A plusieurs reprises, maman se retourne. Elle regarde l'entrée, l'horloge. « Il est trop tard ou trop tôt. C'est l'heure des confidences. Jacques venait quelquefois à cette heure-là, dans ma chambre. Il voulait simplement me voir. Il s'asseyait au bout du lit. Il me parlait à voix basse pour qu'Antoine ne l'entende pas. Il me disait que tu t'étais endormi. Qu'il avait entendu que je ne dormais pas. Qu'il avait tant et tant de choses importantes à me dire que le temps de descendre l'escalier du dernier étage, il avait tout oublié. Mais qu'il venait quand même puisqu'il avait décidé de venir me tenir compagnie. » Compagnie.

Sur le palier, maman se penche une dernière fois. « Tu peux tout éteindre, maintenant. Tout tournait autour de cet endroit-là. On entrait, on sortait. *Maman je suis là ! Maman, Jacques ne reviendra pas déjeuner. Maman, on t'attend au tennis.* Jacques était le seul à me faire jouer. Il avait cette patience. Il ne voulait pas gagner, à tout prix. »

Nous passons devant la porte de la chambre de mon père. « Il ne dort pas, murmure maman, je l'entends. Il voudrait bien savoir ce que je te dis. Dans le fond, nous nous ressemblons tous. »

J'aide maman à dégrafer sa robe, dans le dos. Puis elle passe à la salle de bain. Elle chantonne la Ballade pour piano. Elle murmure, derrière la porte-« Si Jacques était là, il me gronderait. »

Puis elle revient. En robe de chambre. Elle ouvre la porte-fenêtre. « Il fait trop chaud dans cette maison. Tant de chaleur, comme ça, d'un coup, après tant d'années, c'est très mauvais. » Elle sourit en s'allongeant sur le lit. « C'est très mauvais pour les meubles. Ils vont travailler. » Elle étouffe un petit rire. « Quelle sale petite histoire ! La fête est désormais mesquine. Tes sœurs ne dorment pas non plus : elles font leur choix. Leurs listes. Elles placent déjà les meubles, en pensée, chez elles. »

Cette manière que Gérard avait eue de reprendre Sylvie dans ses bras. Ou bien cette manière que Sylvie avait eue de reprendre refuge dans les bras de Gérard. Lequel des deux avait fait un pas vers l'autre ? Sylvie ? En déclarant qu'elle ne pourrait jamais plus aimer personne, ouvertement ? Ou bien Gérard, bras nus dans son tee-shirt, en blue-jeans, avait-il de ce simple détail vestimentaire parlé de leur première rencontre, du temps des Beaux-Arts ? Affaire d'aveu, d'habit ou de peau, sans doute dormaient-ils ensemble. « A quoi penses-tu ? » Maman n'avait rien vu. Ce serait pour elle, la surprise du second jour.

« Jacques s'asseyait comme toi, là, au bout du lit. Parfois même il s'endormait. Je m'endormais. Mais au petit jour, quand je me réveillais, il était parti. Avec toi. Alors, je me levais, j'allais sur la terrasse. Je me penchais, et je regardais si je vous voyais escalader la colline. Une seule fois, je vous ai vus. Le soleil allait se lever. Sans doute aviez-vous peur d'être en retard. — En retard ? » Maman sourit.

Le tiroir du bureau est ouvert. Maman a jeté des papiers et une bouteille d'encre dans la panière. Sur la chaise, devant le bureau, il y a la robe qu'elle portait quand je suis allé la chercher en clinique. Elle a nettoyé les taches. Elle a recousu l'ourlet. Sur le bureau, le collier de perles et le foulard de soie. « Tu vois, j'ai déjà tout préparé pour repartir. Je te promets, je ferai beaucoup plus attention à moi, désormais. » Assise à la tête du lit, les oreillers calés dans son dos, elle m'observe. « Et maintenant, tu as l'âge que j'avais lorsque Jacques t'emmenait à Silvacane. » Silence. « Qu'alliez-vous faire, là-bas ? Toutes ces vipères que vous nous rapportiez, mortes, comme des trophées. Cela m'effrayait. Et cela vous amusait. Mais vraiment, est-ce tout ce que vous alliez chercher, là-bas ? »

Lentement, je me suis endormi. La voix de maman me berçait. Et je fis un rêve précis. J'étais un planeur, mais je planais si haut, si haut que je ne voyais rien que du ciel, et du bleu, et des brumes. J'avais le sentiment étrange de m'être perdu. Un sentiment voluptueux, aussi. J'entendais un murmure imprécis. La voix de maman, sans doute. Puis brusquement, tout s'évanouit. Ce fut la chute. J'ouvris les yeux. Maman s'était endormie. Assise. Les mains à plat sur les draps. Son visage avait roulé sur la gauche. Je glissai du lit sans faire de bruit et quittai la chambre en laissant la lumière allumée et la porte entrouverte.

Je suis monté ici. Je me suis allongé après avoir déplacé mon lit. Je regarde le lit de Jacques. Le volet gauche de la fenêtre de sa chambre n'en finit pas de cogner la branche du noyer. J'aime ce petit bruit. Le vent est là, présent. Il est de la partie. Faites vos jeux. Rien ne va plus. La fête est finie. Je pense à toi, Sarah. C'est tellement bête de serrer un oreiller dans ses bras !

28

ETRANGE, ce sommeil que l'on trouve à deux, que l'on s'échange. Et que l'on cherche en vain, seul. Pierre s'interroge sur le temps de la nuit, un temps qui reprend ses droits et sa violente juste mesure. Il observe le jeu des poutres du plafond mansardé de la chambre, le placage des bois de revêtement. Pas une toile d'araignée. Une odeur de propre. Et le parfum discret des jonquilles sur la table de chevet. L'oreiller dans ses bras, il se tourne de nouveau vers la chambre de Jacques. Trop tard et trop tôt à la fois. L'heure immobile. L'heure des confidences que l'on se fait à soi-même. Et l'on se sent nu. Et l'on arrache les draps pour que le froid vous enveloppe. Puis on tire l'édredon. On se refait un nid. Bien au chaud. Et de nouveau l'on étouffe. On sort du lit. On allume. On regarde sa montre. On éteint. Pierre a regardé sa montre cassée. Instinctivement. Tout le ramène vers Sarah. Il veille Jacques une dernière fois.

Puis un oiseau a chanté. Pierre attendait ce cri. Il s'est levé d'un bond. Il faisait encore nuit. Tout juste apercevait-on à l'est la faible lueur du jour qui se lève. La terre, comme l'édredon, avait donc roulé autour de son corps, et lui avec. Pierre ressentit cette fatigue des nuits blanches, un vertige, une tendresse. Il se passe le visage à l'eau froide. Evite de se regarder dans le miroir au-dessus du lavabo. Il ne veut surtout pas se voir. Un sentiment poignant l'habite encore. Le rêve qu'il faisait lorsque son père l'avait surpris, la veille, dans la chambre de Jacques, se déploie encore en lui. Cette fois, Pierre se sent tout entier dans un autre corps que le sien, le corps d'un frère, un peu comme si Jacques n'avait été qu'un mirage, un peu comme si Jacques n'avait jamais existé. Le cri d'oiseau vire à l'aigu, puis d'autres cris l'accompagnent. Pierre se dépêche.

Descendre l'escalier sans le faire grincer. Passer devant les chambres des enfants de Françoise et de Sylvie sans réveiller personne. Aller du second étage au premier. S'arrêter un instant devant la porte entrouverte de la chambre de Mme Dauzan. La refermer. Faire quelques pas. Se souvenir de l'invitation faite au père. « Nous irons tous deux à Silvacane. » Se dire que « de toutes les façons c'est trop tard. » Enjamber la rampe comme autrefois. Se retrouver dans l'entrée du Rivier. Et fuir.

Pierre bondit d'une marche à l'autre. La sagine est couverte de rosée. Les bourgeons d'un arbre, près du portail, ont éclaté. Voici les premières feuilles d'un printemps. Ouvrir et refermer le portail précautionneusement. Se souvenir du geste des domestiques quand la famille veut se parler toutes portes fermées. Dimanche. Ciel gris. Voici le village endormi.

Pierre longe la route et les garages. A l'entrée de chaque maison, il relit les pancartes « Propriété privée », « Les heures claires », « Mon repos », « Mantarah » (il pense à Sarah, c'est la maison du docteur Meyer), « Les glycines », « Attention, chien méchant », « Chocolat Poulain », « Kodak ». Voici les premières vraies maisons du village.

Sur la plage, l'auberge. Fermée. Les chaises ont été placées sur les tables. Une affiche en vitrine annonce la Fête patronale de Saint-Martin-la-Garenne. Une enseigne lumineuse rouge s'allume, s'éteint. Cognac Courvoisier. Pierre entre chez la boulangère. Il achète un croissant et un pain au chocolat. La boulangère ne le reconnaît pas. Et si elle se mettait les doigts dans le nez comme autrefois ? Même pas. Elle enveloppe le croissant et le pain au chocolat dans un papier, les tend à Pierre, rend la monnaie. 6 h 10 à l'horloge de la mairie. Il se met à pleuvoir. Tant pis. Pas de temps à perdre.

Le goût du croissant, le goût du pain au chocolat. Chocolat fondant. Pâte tiède encore. La gourmandise des petits matins quand il fallait se dépêcher pour saluer le soleil. Pierre longe l'église, le couvent. Voici le chemin du cimetière. Fin de macadam. Calvaire, silex et flaques. Un vent fou se lève. Les nuages dérivent vers l'ouest. Fin d'ondée. Pierre escalade la colline. Il a mangé le croissant et le chocolat. En marchant, inconsciemment, il lisse le papier d'emballage, le plie en deux, en quatre, le déchire avec soin, compose un petit journal blanc, criblé de gouttes de pluie. « Il n'y a que des bonnes nouvelles. » Il le jette.

A mi-colline, il se retourne. Il guette un instant le Rivier. La terrasse. Maman est-elle là ? Personne. Peut-être s'est-elle cachée quand je me suis retourné.

Au bord du sentier, des escargots cornent sous les herbes sauvages. Jacques prenait toujours soin de ne pas les écraser. Pierre se sent comme un intrus dans un domaine abandonné. Au bas des cheminées de fées il fait une halte. A la verticale de l'escarpement crayeux, les nuages ont été comme lacérés. Un coin de ciel bleu. Un bleu sombre, endormi. Un bleu pur. Pierre reprend son souffle et pas à pas, les mains sur les genoux, il termine son ascension. Les cheveux mouillés, plaqués au front, le visage ruisselant, il ne sait plus s'il rit ou s'il pleure. Les larmes sont incroyables.

A cet endroit précis, Jacques avait tendu la main à Pierre, le jour de leur première fuite à deux. A l'horizon du bois de Silvacane, une lueur se fait à travers les nuages. Le ciel devient mauve, rouge, puis flamboyant. Le soleil se lève. Immobile, Pierre cherche les mots qu'il faut. Mais il les a oubliés. Il se tait.

29

Le bois de Silvacane est entouré de barbelés. Pierre décide d'en faire le tour. Tous les cent mètres et à l'entrée de chaque sentier, une pancarte annonce « Pièges, danger », « Chasse privée », « Sangliers ». Le vent des plateaux fouette le visage de Pierre. Il n'entrera pas dans le bois. Pourtant, il suffirait de se baisser, d'écarter les fils de fer. Mais le vent repousse Pierre. Le bois a été encerclé. Et en lisière, Pierre foule un blé vert, comme une herbe tendre. Un manque de respect que Jacques lui aurait reproché. Alors, Pierre s'arrête. Il ne reconnaît plus les hêtres et les jeunes chênes de Silvacane. Ils ont grandi. Le bois s'est assombri, épaissi. Le bois est désormais interdit. Alors, les mains dans les poches, il rebrousse chemin. Il se souvient.

Deux enfants nus dans un bois. Jacques s'était déshabillé. « Eh bien, petit frère, fais comme moi, de quoi as-tu peur ? » Jacques avait plié ses vêtements et les avait cachés sous un buisson d'aubépines. « Eh bien, dépêche-toi. » Pierre avait fait comme son frère. En vitesse. Il s'était même égratigné. Il s'était relevé : son frère avait disparu. « Jacques ! » Ce cri, Pierre l'entend aujourd'hui. Il presse le pas. Silvacane n'existe plus.

« Tu me suis, mais tu ne dis rien. Apprends à marcher, dans les sentiers, d'abord. Regarde où tu mets les pieds. Si tu as peur, Silvacane aura peur de toi et tout se passera très mal. Regarde-moi faire. Ce bois me connaît et je connais ce bois. Il n'y a des vipères que dans les cratères et près des points d'eau. Je te les indiquerai. Tu verras, c'est un endroit extraordinaire. Les oiseaux, ici, n'ont peur de personne. Tu dois te taire, c'est tout. Tu deviens comme eux, sauvage. Tu fais ce que tu veux. Tu cours. Tu grimpes. Tu te roules sur la mousse ou dans les feuilles. Tu te piques un peu partout. Et parfois, tu t'endors. Et tout ton corps respire. Et si tu as froid, attends-moi dans une clairière. Au soleil. Et si tu frissonnes encore, respire profondément. Frappe-toi la poitrine, comme ça. »

Une règle : les vipères et les pièges à vipères, casiers oblongs retenus par une fine branche de sureau. Une liberté : les arbres que Jacques caresse et à la cime desquels, parfois, il monte. « Les branches sont souples. Un arbre vit. Pense à lui comme à un corps. Mesure-toi à lui. Accorde ta force à sa résistance. Il ploie. Et si tu restes un instant écartelé en lui, tu peux le sentir vibrer. Le feuillage d'abord. Le tronc ensuite, jusqu'aux racines. Il grandit pour mieux te montrer le ciel. »

Le corps de Jacques, maigre et nerveux. Le dessin vif et fin de ses muscles de bras et du ventre. La puissance des cuisses. Et cette manière qu'il avait de prendre prise des pieds et des mains sur les branchages les plus délicats. Chaque escalade était plus belle que la précédente. « Viens voir, petit frère. » Et Pierre, de jour en jour, d'année en année, avait appris à le suivre, avait appris à aimer et se faire aimer de Silvacane. Nu.

Les nids d'oiseaux étaient un objet de respect. Les cris d'oiseaux étaient un signe de compagnie. Et quand parfois Jacques parlait à son frère, c'était à mi-voix. Il lui pinçait le bras. « Tu as encore beaucoup à faire pour devenir comme moi. » Une fois seulement, Jacques avait fait allusion au sexe de son frère. « La nature ne t'a pas gâté. » Il avait ri. Puis il avait ajouté « Mais ne t'en fais pas, à ton âge, j'étais comme toi. Ça va venir. » Pierre venait de découvrir que son frère avait un sexe et qu'il avait un sexe, lui aussi. Mais à courir nu, dans le bois de Silvacane, il avait, sans le savoir, compris depuis longtemps que tout son corps en fait était source de jouissance. Et le sexe n'était qu'un lieu du corps, comme tous les autres lieux. Un accident. Presque un lieu d'indifférence.

Puis un jour, Pierre s'était senti comme Jacques,

aussi fort que Jacques. Son corps avait enfin trouvé une forme, un dessin. Pierre existait désormais aux yeux de son frère et à ses propres yeux. Mais ce jour-là, Jacques avait expliqué à Pierre qu'il avait rencontré une fille très bête et très douce. Et qu'ils avaient fait l'amour, dans un cinéma. Il avait précisé. « Ça s'est passé au cinéma les Reflets, hier après-midi. J'ai séché mon cours de math. C'était un film japonais. Je l'ai vu deux fois. Tu peux aller le voir. Ça s'appelle *Les Portes de l'enfer.* C'est très beau. On a fait ça en haut du balcon. Tu sais, l'après-midi, il n'y a pas grand monde. » Pierre avait pensé un instant qu'il ne rattraperait jamais son frère. « Et tu vas la revoir, cette fille ? — Je ne sais pas. — Comment s'appelle-t-elle ? — Je ne sais pas. Je lui ai offert une gaufre en sortant du cinéma. Je me suis aperçu qu'elle était moins belle dehors que dedans. Alors, je lui ai raconté n'importe quoi pour ne pas avoir à la revoir. Mais pour être douce, elle était douce. » Pierre, ce jour-là, s'était senti gêné, nu, devant son frère. Son frère savait, lui. Désormais, il savait tout. « Tu rentres ? — Oui, je rentre. » Ils n'étaient jamais revenus à Silvacane.

Puis un jour, Pierre avait dit à son frère « Ça y est. — Ça y est quoi ? — Moi aussi. — Toi aussi quoi ? — J'ai rencontré une fille. — Où ? » Pierre avait rougi. Et puis, il avait ri. « A Pigalle. — Tu as payé pour ça. T'es fou. Pourquoi ? — Je ne pouvais plus attendre. — Attendre quoi ? — Maintenant, je suis comme toi. — Ce que tu es bête. — Oui, mais je suis comme toi. » Et comme pour le prouver, d'emblée, il avait donné un grand coup de poing à Jacques. Et Jacques et lui s'étaient battus. Boulevard Lannes. « Attention, les filles, on arrive ! »

Mais jamais Pierre n'avait retrouvé le plaisir simple de Silvacane. Cette jouissance de tout le corps quand d'un arbre à l'autre il bondissait et se laissait pendre. Et parfois, quand Sarah se serre contre lui, il en rêve. C'est tout un bois qu'il voudrait reprendre dans ses bras.

Plein soleil au sommet de la colline. Voici le fleuve, le village, à l'ombre encore. Pierre salue son ami. « Adieu. »

« Adieu, petit frère. » La voix de Jacques était éraillée, brisée, poignante. Une vraie moquerie.

30

Un camion et une camionnette stationnent devant le portail du Rivier. Laboratoires Dauzan. Dix heures du matin. Le gardien de l'usine est là avec un chauffeur et deux manœuvres. Xavier leur donne des instructions. « Nous n'attendions plus que toi pour commencer », dit-il à Pierre. Pierre passe devant lui sans rien dire, et sans presser le pas, descend l'escalier. La porte d'entrée du Rivier est grande ouverte. Un enfant sort sur le perron. Françoise apparaît, le rattrape, le gifle et le fait rentrer. Mme Dauzan est sur la terrasse. Elle a remis la robe qu'elle portait à la clinique. Elle regarde le fleuve. Pierre veut l'appeler. Mais elle se retourne. Sourit faiblement. Fait un geste évasif de la main. Disparaît.

Dans l'entrée, les enfants au grand complet. Dans leurs manteaux. Cache-col autour du cou, bonnets sur la tête. « N'oublie pas tes gants, Régis. » « Et marchez bien en file indienne derrière Joseph, au bord de la route. » Joseph aura donc joué tous les rôles dans la famille Dauzan, y compris celui de chef scout. « Joseph les emmène sur la colline, explique Françoise. Le baptême a été remis à cet après-midi. — Quelle heure ? — Quatre heures. — Mais... » Pierre se tait. Il ne parlera pas de Sarah. Il a envie de crier que Sarah, c'est sacré. « Et ça durera combien de temps, ton baptême ? » Françoise hausse les épaules. Fait signe aux enfants de suivre Joseph. « Mais, maman... — Non, non, vous allez faire une grande promenade. Et puis, surtout, soyez gentils avec Joseph. Et les grands surveillent les petits. Ne l'oubliez pas. » Pierre s'approche de Sylvie. « Où est Gérard ? — Il dort. » Sylvie rectifie « Il préfère dormir. » Les enfants sont sortis. « Et papa ? — Dans sa chambre. Il préfère aussi rester dans sa chambre. — Et maman ? — Nous ne l'avons pas vue, elle n'est pas encore descendue. » Pierre regarde ses sœurs. Sylvie est en pantalon, pull-over col roulé, bottes de fourrure, comme au ski. Françoise appelle Denise et lui demande de lui prêter une blouse. « Mais elle sera trop grande pour vous, madame Françoise. — Oh ! ce n'est pas important, je ne veux pas me salir, c'est tout. » Pierre éclate de rire. « Répète ce que tu viens de dire, Françoise. »

Xavier entre, en se frottant le pantalon. Il a glissé sur la sagine. Il est tombé dans l'escalier. « Mais ce n'est rien, dit-il. Bon, par où commençons-nous ? Nous avons deux heures, c'est tout. » Sylvie regarde Pierre, puis Françoise qui enfile sa blouse en tournant le dos à tout le monde. « Je crois, mon cher Xavier, murmure Sylvie, que tout doit se passer entre Françoise, Pierre et moi. Le comprenez-vous ? » Xavier hoche la tête. Françoise, de dos, boutonne lentement sa blouse. Xavier fait un geste de dépit, recule de deux pas. « Très bien, je surveillerai le chargement. » Demi-tour. Il disparaît.

Sylvie croise les bras, sourit amèrement. « Eh bien, dit-elle d'une voix un peu trop claire, commençons par l'entrée. Qui veut de l'horloge ? » Silence. Tic-tac de l'horloge. « Pas moi, avoue Sylvie, et toi, Pierre ? Françoise ? Bon, pas d'horloge. — Si, je la prends, dit Françoise. — Eh bien, réponds tout de suite, à ce rythme-là, nous n'y arriverons jamais. » Sylvie fait quelques pas. « Le vestiaire, évidemment, il est un peu grand. Mais tu as six enfants, Françoise. Alors, je suppose que tu le prends. — Si personne n'en veut, peut-être. » Sylvie regarde Pierre. « Tu le veux, Pierre ? » Silence. « Bon, adjugé. Tiens, Françoise, voilà une craie. Toi, tu fais des ronds, moi, je ferai des croix et Pierre, qu'est-ce que tu veux faire, Pierre ? — Je ne sais pas, je verrai. » Sylvie sourit. « Bon, maintenant la table de chasse. Je la voudrais. L'horloge et le vestiaire contre la table de chasse. Ça te va, Françoise ? — Où la mettras-tu ? — Je vais peut-être déménager. Il en est question. Gérard m'en a parlé hier soir. — Gérard ? — Serais-tu jalouse, Françoise ? » Sylvie fait une croix sur la table de chasse. Françoise fait un rond sur le vestiaire et sur l'horloge. « De toutes les façons, Pierre, cette table ne t'intéressait pas. — Elle est très belle », dit Françoise. — Je prends les chaises, le banc et le tapis pour le même prix. » Pour le même prix. Pierre hausse les épaules. Sylvie le regarde et lui fait un tout petit clin d'œil. « Bon, alors si c'est comme ça, Françoise, je te laisse le tout. — Mais Sylvie... — Non, non, dans le fond je n'avais pas envie de cette table. » Sylvie efface la croix sur la table de chasse. Françoise sort sur le perron et fait signe à Xavier de venir. « Dis-lui de faire attention, ça glisse. » Françoise montre à Xavier les meubles choisis. Xavier fait signe au gardien de l'usine. « Venez, ça y est. On peut charger. »

Dans le salon. « Les chandeliers ? Je n'en veux pas. Et toi, Pierre ? Et toi, Françoise ? Bon, pour Françoise. » Françoise les porte dans l'entrée. Sylvie s'approche de Pierre et lui pince le bras. « T'en fais pas, petit frère... »

« Le piano ? Personne ne veut du piano ? Alors, ces deux fauteuils ? Ils sont beaux. Ah ! non, pardon, il y en a quatre pareils. Evidemment, dans ta chambre, Pierre, et chez moi, je ne les vois pas très bien. Les veux-tu, Françoise ? » Silence. Françoise s'approche de Sylvie et de Pierre. « Vous ne prendrez rien, n'est-ce pas ? — Et tu prendras tout ce que tu voudras, c'est cela même. Comme d'habitude », répond Sylvie. Françoise tourne les talons. Elle fait signe aux manœuvres de ne plus rien emporter. Xavier lui demande pourquoi. Elle revient dans le salon, ferme les portes. « Où voulez-vous en venir ? — Oh ! moi, c'est très simple, explique Sylvie, j'ai décidé de dire adieu à tout ça. Et toi, Pierre ? »

Adieu au soleil.

31

Françoise a appelé Xavier. Ils se sont longuement regardés. Puis Françoise s'est tournée vers Pierre et Sylvie. « Bon, nous prenons ce que nous voulons. Ils ne veulent rien. » Xavier a haussé les épaules. Il est ressorti. Il a fait signe d'emporter le tapis, les chaises et le vestiaire. Puis il a allumé une cigarette. « Ton mari fume, maintenant ? » a demandé Sylvie. Françoise a retiré sa blouse comme si brusquement elle s'était sentie ridicule. « Et si ça ne t'ennuie pas, Françoise, nous voudrions seulement savoir ce que tu vas choisir. » Silence. « Ce que tu vas emporter. Ce sera intéressant, Pierre, tu ne trouves pas ? » Pierre s'approche de l'électrophone. Il était resté branché. Pierre se penche. Hésite. Puis il se relève, retourne le disque. Toujours le même disque. Concerto pour la main gauche.

Sans mot dire, Françoise fait alors lentement le tour du salon. Elle fait des ronds, à la craie, sur les tapisseries des fauteuils, sur la banquette du piano, sur le piano. Pierre prend Sylvie dans ses bras. Françoise inspecte les tentures. Placidement. Puis un écritoire. Le déplace, ouvre et referme les tiroirs. Pas de rond, à la craie. Puis elle regarde les livres de la bibliothèque. En retire un, puis deux. Les feuillette. « Evidemment, dit Sylvie, il te faudrait des caisses pour les emporter. Il y en a peut-être dans les camions. Des caisses vides. Des caisses d'Axardian. — D'Axoïdian, rectifie Françoise. Ces livres me plaisent. Je les prends. — Ils feront très bien chez toi, tu as raison. — Tu peux désormais dire tout ce que tu veux, répond Françoise, tu n'existes plus pour moi. » Sylvie éclate de rire. Fait un geste brusque en se détachant de Pierre, et involontairement frappe de la main l'électrophone. Disque rayé. Fin de musique. Cette fois, Sylvie crie « Tu peux tout prendre ! tout ! Même ce vieux truc avec tous les disques. Es-tu donc si malheureuse avec Xavier ? » Françoise sourit. « Et toi, avec Gérard, es-tu donc si heureuse ? » Pierre retourne le disque. La Ballade pour piano. Il regarde ses sœurs et comme un automate, de manière très courtoise, le bras cassé, levé, le regard rieur, il leur dit « bravo ». Il sort.

« Je suis peut-être allée trop loin, hier soir, clame Sylvie à sa sœur, mais je voulais savoir jusqu'où, toi, tu pouvais aller. L'idée de ce baptême me paraissait tellement étrange... — C'est papa qui l'a eue. — Mais oui, c'est papa. Et c'est peut-être lui aussi qui a choisi le prénom, le parrain et la marraine. C'est lui aussi sans doute qui a choisi de rouvrir le Rivier. Et tu as tout accepté. Portefeuille oblige. — C'est lui, Sylvie, crois-moi. — Aurais-tu peur de moi, brusquement ? — J'ai seulement peur que tu ne comprennes toujours pas papa. — Pas papa... » Sylvie fait tourner son doigt autour du rond de craie que Françoise a inscrit sur le piano. « Même le piano ! Et si tu veux mon avis, je trouve que les camions sont arrivés bien vite. — Que sous-entends-tu ? — Ce que tu as fort bien entendu, Françoise. Allons. Continue. Fais ton choix. Sans complexe. Souffre simplement que je fasse ce compte-là, avec toi. »

L'entrée vide. Sans horloge, sans vestiaire, sans table, sans tapis. Un cœur vide qui ne bat plus. Cours d'anatomie. Cadavre. Pierre préfère en sourire. Les mains dans les poches, brusquement il a froid. Il ne sait pas où aller. Dans la chambre de sa mère ? Et s'il appelait son père, ils iraient faire un tour ensemble dans le parc, en attendant. Mais que se diraient-ils ? Tout est dit. Les meubles partent. Le Rivier est vendu. On fera de la publicité pour l'Axoïdian. Maman voyagera avec Mme Lalanne. Gérard reviendra vivre avec Sylvie et ses enfants. Et puis de nouveau ils se quitteront. La famille crèvera puis renaîtra. Les mauvaises herbes repoussent toujours. Famille, honneur, patrie. La bourgeoisie sait prendre ses bonnes petites habitudes sous les graviers ratissés. Et les familles décapitées dansent et danseront toujours aux bals des dix-huit ans de leurs filles. Comment détruire tous les boulevards Lannes de France ? Et dans le fond, Pierre, tu es plus bourgeois que les tiens puisque tu t'offusques, te rebelles, oh ! juste des joutes de mots et de pensées, comme ça, les mains dans les poches, frileusement, parce que tu ne sais plus où aller dans ce Rivier, ton lieu privilégié. Pierre préfère rire de ses propres pensées. Xavier entre, suivi des manœuvres et du gardien de l'usine. « Et ça vous fait rire, Pierre ! » Encore un qui vouvoie. Pierre sort sur le perron. S'assoit sur la rambarde, jambes ballantes. Il regarde le va-et-vient des hommes et des meubles.

La voix de Jacques s'est faite lointaine, étrangère, au plus profond de lui. Une voix qui se noie. Un dernier murmure. « Les objets, ça pèse lourd. Ensemble, petit frère, nous n'aurons que des meubles que nous pourrons abandonner n'importe quel jour. Soit toi, soit moi. Mais ne crois pas que je mette en cause la propriété des objets. Tout le contraire. On appartient aux objets. On devient leur esclave. Et on se met à peser lourd, très lourd. La vraie joie ne s'installe pas. »

« Mais tu prends tout ! dit Sylvie. — Oui, tout. — Et tu vas le mettre où ? Chez toi ? On y étouffe déjà ! — A l'usine, en attendant. Mais si tu veux, tu peux revenir sur ta décision. — Non, je te regarde. Tu m'amuses. J'espère que tu vas au moins laisser quelques casseroles et la table de la salle à manger pour le déjeuner. — Nous enverrons un autre camion, demain. Et puis, Xavier a envie de refaire la salle à manger de réception de l'usine. Belle occasion. — Oh ! ça, c'est une très bonne idée. — Ecoute, Sylvie, si tu me suis uniquement pour te moquer de moi, je préférerais carrément faire tout toute seule. — Ah ! non, je reste, je m'offre ce luxe. Ce tapis te plaît ? Et celui-là ? Tu pourrais mettre plusieurs épaisseurs de tapis chez toi. — Tais-toi. — Et l'électrophone, si tu prenais l'électrophone pour la chambre de tes aînés ? Comme ça, ils n'auront définitivement plus le droit de toucher à la stéréo de Xavier. Je suis sûre que Xavier vient de s'acheter sa quarante-septième chaîne stéréo. Il vire à la quadriphonie en ce moment, dis-moi ? » Françoise hausse les épaules. Tourne le dos à sa sœur. Sylvie se met à rire très fort. « J'aime tes talons, Françoise. Tes talons hauts. Du haut de tes talons hauts, tu domines le monde entier, n'est-ce pas ? Et tu n'as jamais le vertige ? Tiens, voici un nouveau bâton de craie. Tu en as besoin. Attention, le mien ne sait faire que des croix, ne te trompe pas. Et puis, pourquoi marques-tu les meubles, puisque tu es la seule à jouer ce jeu ? — Tu as le droit de choisir. Pierre a le droit de choisir. Et moi aussi. Alors, je le fais et je marque. Je n'ai de comptes à rendre à personne. »

Tapis, caisses de livres, bibelots, les manœuvres font glisser les fauteuils sur le parquet du salon. Le gardien de l'usine leur donne des ordres. Xavier donne des ordres au gardien de l'usine. Il est le seul à s'éponger le front. Il s'approche de Françoise, lui serre la main à bout de bras, l'embrasse. Françoise sourit faiblement, mais sans le regarder. Heidi apparaît, le bébé dans les bras. Françoise et Xavier s'approchent d'eux, caressent leur enfant. Puis ils ordonnent à Heidi d'aller se promener. « Une grande promenade, Heidi, et couvrez-le bien. » Xavier aide le gardien de l'usine à mettre les livres dans des caisses. Sylvie efface le rond que Françoise a inscrit sur l'électrophone. « Ça, dit-elle, et ce disque, c'est comme pour la salle à manger, vous ne pourrez les emporter que demain. » Puis elle s'approche de Xavier et reprend les grands livres qu'il tient dans ses mains. « Il faudrait peut-être demander à maman de les classer. » Elle en ouvre un, puis deux, à plat sur le piano. Les albums photos. « Réfléchissez un peu. » Sylvie se dirige vers la véranda, se retourne. « Un tout petit peu. Et puis, il est déjà onze heures et quart, dépêchez-vous. »

Heidi passe devant Pierre. Le bébé est dans le couffin. Heidi lui sourit. Il saute de la rambarde. S'approche de Heidi. « Je vais vous aider. Où allez-vous ? — Dans le parc. » Il prend une poignée du couffin. Ils descendent du perron. Sylvie sort de la véranda. « Attendez-moi. »

Dans sa chambre, Mme Dauzan plie les draps de son lit. Puis les taies d'oreiller. Elle porte le vase de jonquilles à la salle de bain, le remplit d'eau bord à bord et le remet en place sur le bureau. Sur une chaise, il y a sa valise, ouverte. Elle range sa trousse de toilette. Les livres qu'elle a emportés et qu'elle n'a même pas retirés de la valise.

Leur compagnie suffisait. Puis Mme Dauzan écoute les bruits de pas et de voix dans le salon et dans la véranda. A chaque grincement de meubles sur le parquet, elle sourit, ou bien elle frémit. Elle ne sait pas quel est au juste son sentiment. Elle voudrait repartir le plus vite possible. Sans revoir personne. Et surtout sans revoir le Rivier. Ni vue, ni connue. Elle referme la valise. Se dirige vers la porte de la chambre de son mari. L'ouvre tout doucement. « Antoine ? » Il dort. Elle referme la porte. Revient vers sa valise. La prend. Sort sur le palier. Regarde l'entrée. Plus rien. Ils ont jeté les manteaux par terre. En tas. Ils ont jeté son manteau par terre.

32

SANS chagrin. Comme ça. L'amour fout le camp, tu t'en vas. A vivre l'amour sans amour, on finit par se lasser du rôle de figurante. Tu ne comptes plus les millièmes représentations de ce drame qui est déjà la reprise d'un spectacle qu'on a joué mille fois. L'éternel succès des républiques qui passent. Et les artistes comme toi, ça voyage avec seulement une petite valise. Le gardien de l'usine ne t'a même pas reconnue. Les manœuvres ont dû croire que toi aussi, tu faisais ton choix. Tu as vu les albums ouverts sur le piano. Mais tu n'as pas osé les regarder. Ils t'auraient retenue dans cette maison que tu fuis. Puis, tu as pris le disque en te disant qu'il était à toi. Et tu n'es partie qu'avec ça. Par la porte de la véranda. Heureusement, Xavier n'était pas là. Françoise triait de la vaisselle dans la salle à manger. Personne ne t'a vue. Dans cette famille, tu es passée inaperçue. Et ce rôle ne te déplaisait pas, voyons, Clara, tu peux te l'avouer maintenant.

Mme Dauzan sourit de ses propres pensées. Son

unique compagnie. Elle sait qu'elle n'ira pas très loin. L'idéal serait qu'elle puisse au moins rejoindre la clinique. Ce serait une manière de leur donner à tous une leçon de présence. Mais comment faire ? Le car ? Le train ? Un taxi ? Le plus important est d'arriver à la place du village. La valise est légère. Il est presque midi. Mme Dauzan longe la rive du fleuve. Le sentier est étroit, bordé d'orties géantes. Plus personne ne passe par là. Puis la berge devient large. Voici la guérite du « Gardon récalcitrant », le cimetière de barques retournées, crevées, abandonnées. La pancarte « location de bateaux » a pris la couleur grise des bois morts. Quelques traces de peinture à l'emplacement des tarifs. En vieux francs. C'est drôle. Tiens, une autre pancarte, neuve celle-là : Baignades interdites. Arrêté préfectoral du. Et la date. Mme Dauzan n'est pas pressée. Elle ne veut pas qu'on la remarque. Et puis tout cela n'est qu'une promenade. Imprévue. Elle pose sa valise sur la carcasse d'une prame, range le disque dans la valise, renoue proprement le foulard autour de son cou, frotte les pans de son manteau comme si celui-ci s'était plissé, par terre, dans l'entrée, et referme la valise. Elle est prête. Une vieille pancarte tout effacée. Et une pancarte toute neuve, avec des mots rouge vif. Comme du sang.

Autrefois, Mme Dauzan savait marcher, droit devant elle. Elle allait. On lui prêtait même une élégance de démarche. Elle le savait. Ses amies disaient d'elle : « Clara sait merveilleusement se déplacer. » Ses parents lui confiaient « Comme tu es gracieuse ! »

Aujourd'hui, elle veut avancer. Elle ne peut plus. Elle se soulève de droite, de gauche, cahin-caha. Comment et quand cela a-t-il pu commencer ? Et pourquoi, puisque je veux aller ? Essaie. Change la valise de main. Cherche un nouvel équilibre. Plus rien ne te retient. Mais qu'est-ce qui t'a retenue, et quand ? Hier, quand Pierre t'a offert son bras pour descendre l'escalier, tu ne t'es brusquement plus sentie digne de ce que tu étais devenue. Ou l'inverse. Tu ne sais plus très bien. Tu t'es sentie mal à l'aise. Et pour retrouver en toi la force de te taire et d'accompagner Pierre, tu as décidé que le soir même, tu parlerais. Mais maintenant, va, retrouve ta démarche d'autrefois. Comme une petite vieille, tu es devenue comme une petite vieille, ce n'est pas possible !

Mme Dauzan pose la valise sur le chemin. Elle fait quelques pas en se serrant les mains. Elle ne doit plus se balancer pour avancer. Elle regarde ses pieds, se concentre, compte ses pas, droits. Elle croit un instant qu'il lui suffirait de ne plus y penser. Alors, elle se distrait en marchant. Et elle va droit. Comme autrefois. Elle s'arrête. Elle est heureuse. Elle voudrait revenir au Rivier et l'annoncer à tout le monde. Mais qui donc cela intéresserait-il ? Ou bien non, elle ne dirait rien, mais elle passerait à la salle à manger en marchant normalement, et personne n'oserait lui dire que c'est inouï, que maman tu es formidable. Ou des choses comme ça, insignifiantes mais douces.

Mme Dauzan se retourne. La valise est loin derrière elle. Mais elle a fait ce bout de chemin normalement, et à la fin inconsciemment. Elle décide de ne pas reprendre la valise. Elle fuira, comme ça, sans chagrin et sans rien, d'un pas droit. Retrouvé.

33

M. DAUZAN, allongé sur le lit. Denise lui avait apporté un plateau pour le petit déjeuner. Il s'était alors installé à son bureau, quelques minutes. Puis il avait entendu, dans l'entrée, les cris des enfants que l'on emmenait en promenade, et plus tard, la voix de Sylvie moqueuse, cinglante. Il s'était recouché. Il avait décidé d'attendre midi, couché, immobile sur son lit. Il écoutait lui aussi le bruit des pas et le bruit des voix. Il entendait son cœur battre, sourdre en lui, si lentement qu'il eut un instant l'impression qu'il allait s'arrêter. Un si beau moment pour mourir ! De temps en temps, il regardait la porte donnant accès à la chambre de son épouse. Il guettait aussi les bruits de ce côté-là. Un pas furtif. Un bruit d'eau que l'on fait couler dans un vase. Le bruit du vase quand on le repose sur une table. Il avait fermé les yeux. Clara avait entrouvert la porte. « Antoine ? » Il avait fait semblant de dormir. Il savait qu'elle n'entrerait pas. Il n'avait plus rien à lui dire, ou bien tout à lui dire.

Puis Clara était sortie sur le palier. Elle s'était arrêtée. Il eut un instant envie de se lever et de l'appeler. Il ne fallait pas qu'elle descende. Qu'elle voie ça. Mais il se calma. Il fit le mort sur son lit. Car Clara pouvait entrer par la porte palière et le surprendre. Il ne pouvait plus que l'éviter. Et pourtant, leur malentendu tenait à si peu de chose ! Mais y avait-il même un malentendu ? Ils ont joué au papa et à la maman, ensemble, c'est tout. Il a fait des affaires et elle a fait des enfants. Et ils ont oublié de se rencontrer. Il faut dire que les décors et les acteurs de leur vie s'y prêtaient, leurs orgueils aussi. A se refuser toute tendresse et toute compagnie, on peut si facilement vivre ensemble, sans jamais vivre vraiment ensemble. Ils ont donc fait comme leur papa et leur maman, leurs grands-papas et leurs grand-mamans. Et Françoise, souveraine, ferait de même avec Xavier. Et, les années passant, Sylvie deviendrait pire et plus réussie que sa sœur. Et Sarah aurait un enfant. Pierre l'épouserait, et tout commencerait pour eux, comme pour tous, comme avant. « Comme avant », pensa M. Dauzan en souriant. Mais un mort ne sourit pas. Clara pourrait entrer. Il l'entendit descendre. Il respira profondément. Se leva. Il but une gorgée de café froid, reposa la tasse sur le plateau et alla déposer le tout devant la porte de sa chambre, comme dans un hôtel. Denise ne le dérangerait pas.

Il vit alors Clara dans l'entrée, ramasser un manteau, le secouer et le mettre maladroitement.

Puis Clara prit sa valise et passa dans le salon. M. Dauzan rentra dans sa chambre. La porte grinça. Il se crut surpris et rougit. La porte fermée, il dit à voix haute « Si elle veut partir, qu'elle parte. » Sur la cheminée de sa chambre, il y avait une photo de leur mariage. Il la retourna. Puis il s'approcha d'une porte-fenêtre, regarda le ciel et le fleuve. « Elle n'ira pas loin. »

Il prit alors un bain brûlant dans lequel il resta jusqu'à ce qu'il le trouve froid. Puis il se rasa et s'habilla. Et quand il fut prêt, il ouvrit la porte de la chambre de Clara. Elle avait plié les draps et les couvertures sur le lit. La lumière était restée allumée dans la salle de bain. Il l'éteignit. Mais ce détail l'inquiéta. Clara était donc partie précipitamment. Il sortit sur le palier, appela Françoise, Sylvie, Pierre, Xavier. Denise sortit de la cuisine. « Qu'y a-t-il, Monsieur ? — Madame est partie. — Elle doit se promener, Monsieur, comme tout le monde. — Non, non, Denise. » Il descendit. Françoise vint vers lui. « Va chercher ta mère, vite, elle ne doit pas être très loin. »

Alors seulement, dans l'entrée vide, il se sentit désemparé. Comme un enfant qui vient de casser son jouet. Rien n'avait vraiment grandi, en lui. Il eut encore une fois l'impression que son cœur allait s'arrêter de battre. Il se réfugia dans la cuisine. Avec Denise. « Ah ! ça alors, Monsieur, c'est la première fois que je vous vois assis, ici. »

34

UNE petite fuite, ça fait du bien, parfois. Et pour la valise, tant pis. Je vais très bien, merci. Je vais. Mme Dauzan joue enfin avec elle-même un jeu qui concerne les autres. Une petite fuite pour exister. Et je me croyais mère de famille. Mère et marraine. Maman est revenue ? Mais qui écoute Maman ? Mme Dauzan longe le fleuve. Voici l'allée de tilleuls. Chaque dernier dimanche du mois d'août, les manèges venaient ici s'installer. Et les enfants Dauzan boudaient la fête. « Je préfère les tours de manège de Silvacane », disait Jacques, à voix fière. « Quand m'emmèneras-tu ? » demandait Sylvie. « Quand tu ne seras plus une fille. C'est pas pour les filles, là-haut. Enfin... pas pour toi. » Bonjour, Jacques. Au revoir, Jacques. Adieu, Jacques. Tu avais les mains douces de mon père. Les tilleuls sont en bourgeons. La maison du docteur Meyer est fermée. Ils ne sont pas venus depuis longtemps, eux aussi. J'ai manqué une bonne émission de télévision, hier soir. Dans la tirelire, il y a plein de pièces de un franc. Pierre est allé se promener dans le parc, avec Sylvie, Heidi et le petit. Tiens, il n'y a plus les bancs de bois. On les a remplacés par des bancs en ciment. J'aime ce village. Je crois que je n'aime que lui. Toutes ces maisons pourtant me sont étrangères. C'est vrai, nous n'avons jamais reçu nos voisins. Jacques avait raison. « Ce sont tous des coquins, et quand ce ne sont pas des coquins, ce sont des cons. » Nous étions bien, si bien ensemble, tous ensemble, à feindre de nous ignorer, à faire semblant de ne pas nous aimer. Je marche bien. Je marche droit. J'ai retrouvé ma démarche. Quelque chose s'était évanoui en moi, mais où, et quoi ? Comment avais-je pu me mettre à marcher comme une petite vieille ? Pour s'amuser, Mme Dauzan fait quelques pas comme avant. Avant l'abandon de la valise.

Au bout de l'allée de tilleuls, Mme Dauzan oblique à gauche. Ce chemin mène à l'auberge et à la place du village. Au-dessus des pommiers et des cerisiers, au loin, elle voit les clochetons d'angle du Rivier. Qui s'est aperçu de son départ ? Parfois, enfant, Mme Dauzan jouait à cache-cache avec elle-même. Elle se dissimulait derrière des rideaux, sous le piano, et elle attendait. Elle s'imaginait à sa propre recherche. Alors, elle retenait sa respiration. Le piano ? Ce piano ! Qui le prendra ? Qui le lui volera ? Qui saura jouer comme elle jouait. Hésitante. Frémissante. Cathédrale engloutie. Préludes et mazurkas. Sonate en *do*. Debussy, Chopin, Mozart. La petite fille unique rêvait de devenir pianiste. La petite fille unique rêvait de devenir unique. Et maintenant, quand le discours des autres t'ennuie, tu pianotes à vide, sur les nappes, sur tes genoux ou sur les accoudoirs des fauteuils. La musique est en toi. Plein, plein, plein de ballades. Tu aurais voulu jouer avec orchestre. Tu aurais voulu danser seule sur une scène. Tu aurais voulu chanter « mon bel ange va dormir » ou « mon cœur soupire », merveilleusement, pour toi et toi seulement. Tu aurais voulu tout, sauf ça. L'argent. Et le Rivier, c'est de l'argent. Au temps des insouciances, on l'oublie. Jacques donnait l'illusion d'autres dieux. D'autres vérités. Il avait rompu toutes les amarres. Le Rivier jouait avec le fleuve. Il vivait. Mais maintenant... « Nous l'avons mal vendu, Clara, avait dit Antoine, mais nous devons le vendre. »

Dans l'auberge. C'est l'heure de l'apéritif. Mme Dauzan a pris place à une table, près de la porte d'entrée. Il y a un juke-box et de la musique. De l'accordéon. Un paso doble. La serveuse sert un blanc-cassis. Mme Dauzan se renseigne. Il n'y a pas de cars le dimanche. Il faut appeler un taxi, à Vernon. « Si vous voulez, la cabine est au fond. C'est le 713. »

Mme Dauzan guette la place de la mairie, la rue qui conduit à l'église. C'est la sortie de la messe. Midi trente. Ils te cherchent. Ils vont venir. Et tous ces gens qui arrivent vont peut-être te reconnaître. Pourtant, tu n'es jamais venue dans ce café. Et puis, cela fait douze ans. Mme Dauzan se lève.

La cabine, au fond. Des inscriptions sur le mur. Un dessin obscène très amusant. Des annuaires crasseux aux couvertures déchirées. Et cette odeur de renfermé. Une odeur de sauvette et de clandestinité. Tout cela est si drôle et si poignant à la fois ! Je suis là. « Allô ! je voudrais le 713 à Vernon, s'il vous plaît. » Mme Dauzan attend. Le café s'emplit de cris. Les paroissiens sont arrivés.

« Un marc, trois cafés et deux pastis. — Ça suit ! — Allô ! allô ! » Mme Dauzan commande un taxi. « Mais pas avant une demi-heure, mademoiselle. — Très bien, j'attendrai. Alors, c'est sûr ? — C'est sûr, mademoiselle. » Mademoiselle ! Mme Dauzan renoue son foulard comme si elle voulait se cacher, revient dans le café qu'elle traverse tête baissée. Plusieurs personnes se sont assises à sa table. Alors elle se tient debout, contre le mur, un coude sur le bar, de l'autre côté de la porte d'entrée. Elle commande un second blanc-cassis. Elle attendra.

« Mais c'est Mme Dauzan ! Comment allez-vous ? Ah ! bien ça fait longtemps, ça fait plaisir de vous voir, et quel bon vent vous amène ? » Mme Dauzan serre la main du garde champêtre. « Et comment va M. Dauzan ? Et vos enfants ? — Très bien, merci. Merci. »

Mademoiselle. Quel bon vent. Blanc-cassis. Politesse. Mme Dauzan se rend alors compte qu'elle est partie avec la valise. Mais qu'elle a laissé son sac sur la table de chevet de sa chambre. Pas d'argent ? Pas de taxi ! Comment payer les consommations ? Elle sourit. Elle a envie de rire comme une enfant qui se découvre étourdie. Le petit dessin pornographique, dans la cabine de téléphone, représentait une dame se cachant le sexe et un monsieur découvrant le sien. Antoine et elle ne se sont connus qu'au long de longues nuits. Les yeux fermés. Un homme dans une vie. Jeune fille de soixante ans, quatre enfants, cherche bonheur dans un bar. Vous ne pouvez pas vous tromper, j'ai un manteau gris, un foulard bleu, je bois un verre d'alcool, j'ai oublié mon sac. Ils vont venir me chercher. Dépêchez-vous, si vous arrivez avant eux, vous avez peut-être encore une chance de me rencontrer. La situation est parfaite. J'ai perdu. Mais ils vont me retrouver. Je ne suis pas faite pour l'aventure. Mais, de retour avec eux, je verrai peut-être leurs vrais visages. « Un autre blanc-cassis, s'il vous plaît. »

Dans ce café, je ne suis pas à ma place, en mon lieu. Je ne joue pas mon rôle. Je suis là par accident. Et les clients l'ont compris. Ils me saluent de loin. Ils soulèvent leurs casquettes, font une petite courbette. « C'est Mme Dauzan, tu sais, le Rivier. » Oui, c'est moi. J'attends le taxi. Et je les attends. Où déjeunerons-nous, à l'office, ou bien à la cuisine avec nos assiettes sur nos genoux ? Ce serait tellement plus drôle ! Je verrai aussi leurs vraies mains et leurs vrais regards. L'histoire de ce week-end, c'est un peu comme un tricot. Mais cette fois, je suis la laine et point par point j'avance et je fais avancer. Je fais passer d'une rangée à l'autre. Et le point est de plus en plus compliqué. Je m'enroule autour des aiguilles qui deviennent de plus en plus fines. Je n'ai jamais aimé tricoter. Je ne voulais pas perdre une seule occasion de les voir tous, autour de moi. Ma famille. Mais en attendant quoi ?

35

SYLVIE pousse la porte de la cuisine. Pierre a pris le couffin à deux mains. Heidi les suit. « Votre mère est partie, dit Denise. — Mme Françoise la cherche du côté du village, M. Xavier a pris sa voiture. » Pierre pose le couffin. « Je viens, dit Sylvie. — Non, laisse-moi faire. » A ce moment-là seulement, Pierre se rend compte que son père est assis dans un coin. Il sort.

Sur la berge, il regarde à droite, à gauche, puis le fleuve. Maman n'est pas là. Il se retourne, gravit deux à deux les marches de l'escalier, manque à plusieurs reprises de glisser sur la sagine. Devant le portail, le gardien de l'usine et les manœuvres chargent des caisses de vaisselle. « M. Xavier est parti par là. » Ils montrent la route de Vernon. Pierre part en courant dans l'autre direction, vers le village.

Il croise Joseph et les neuf enfants de retour de promenade. « Où vas-tu, oncle Pierre, nous acheter des gâteaux ? — Et l'hippopotame ? — Et la girafe, on ne les a pas vus. »

Françoise entre en premier chez la boulangère. Surprise. Retrouvailles. Il y a le monde des sorties de messe. On achète des brioches et des éclairs au chocolat. « Auriez-vous vu ma mère ? — Ah ! ben ça non, et depuis très longtemps. Mais ce matin, par contre, je crois que j'ai vu votre frère Jacques. — Non, non, c'était Pierre, madame. — Le petit ? Qu'est-ce qu'il a grandi ! » Françoise sourit poliment et sort. Place de la Mairie. Une heure moins cinq. Un taxi vient de s'arrêter devant l'auberge. Le chauffeur ouvre la porte à Mme Dauzan. « Maman ! »

Françoise a pris place sur la banquette arrière, à côté de sa mère. Elle lui prend les mains et les serre très fort. « Mais pourquoi fais-tu ça ? Tu sais que c'est très mauvais pour papa, il est cardiaque. » Françoise se penche vers le chauffeur et lui dit « Prenez la route de Vernon, s'il vous plaît, et roulez très lentement. » Puis elle regarde sa mère qui retire ses mains, tourne son visage et observe distraitement les rues du village. « Tu te rends compte, tout le monde t'a vue. »

Cardiaque ! Tout le monde t'a vue ! « Je suis ta mère, dit Mme Dauzan, me reconnais-tu ? » Elle fixe Françoise durement. « Eh bien, réponds, me reconnais-tu ? — Mais... évidemment. — Non, ce n'est pas évident. Qu'avais-tu à me dire ? Nous rentrons ? Nous rentrons ! Et pour un repas, pour une fin de journée au moins, je vais prendre mes droits. Tu entends bien, je ne dis pas reprendre mes droits. » Silence. Virage. Puis ligne droite. Le taxi roule lentement, cortège, enterrement. Pierre court au bord de la route. Mme Dauzan fait signe au chauffeur. « Arrêtez-vous, monsieur, s'il vous plaît. » Le chauffeur de taxi a l'air fort amusé de la scène. Il scrute Françoise et Mme Dauzan dans le rétroviseur. Pierre se penche à la portière. Françoise baisse la vitre. « Eh bien, dit Pierre. — Eh bien, monte avec nous, répond Mme Dauzan, nous sommes presque arrivés. »

Devant le portail du Rivier, Françoise demande de l'argent au gardien de l'usine pour payer le taxi. Un gros pourboire et merci. Mme Dauzan regarde les camions. L'un des deux est plein. Adieu. Basta. Quitter le spectacle à l'entracte. Mais avec Antoine, il fallait toujours rester jusqu'au bout parce qu'on avait payé. « Eh bien, Pierre, raconte-moi ta promenade, je te raconterai la mienne. » Mme Dauzan prend le bras de son fils. « Je t'ai vu, mais tu revenais. Tu dévalais la colline, tête baissée. Plusieurs fois je t'ai fait signe, j'ai pensé, je ne sais pas pourquoi, que cela attirerait peut-être ton attention. Mais tu avais l'air pressé, ou bien déçu. Que s'est-il passé à Silvacane ? — Et toi, maman ? — Oh, moi, je voulais me sauver. Mais j'avais oublié mon sac, mes papiers et l'argent. Tu vois, l'argent, parfois, c'est important. » Les manœuvres referment les camions. Claquements secs et métalliques. Françoise s'approche de sa mère et de Pierre. Mme Dauzan lui adresse un petit geste méprisant de la main. « Allons, Françoise, rentre à la maison, tes enfants t'attendent sûrement. Nous arrivons. »

Mme Dauzan regarde le Rivier vu de la route, vu d'en haut. « C'est comme chez le dentiste quand on vous enlève une dent, murmure-t-elle, ça fait très mal sur le coup, ça ne fait plus mal ensuite. » Petit rire. « Parle-moi de Sarah ? Tu vas la retrouver ce soir, dis-moi ? Peut-être irez-vous au restaurant ou bien au cinéma ? Raconte-moi. — J'ai rendez-vous avec elle, à cinq heures, devant la gare de Vernon. » Et Pierre parle du voyage en Bretagne. Mme Dauzan lui explique alors qu'ils ne doivent pas manquer d'aller visiter tel château, tel musée, et surtout l'arrière-pays qu'elle décrit en détail. Clara et Pierre, conversation devant le portail. « Comme vous avez raison, et je vous envie. Et tout à l'heure, si le baptême n'est pas fini, pars vite. Même sans me dire au revoir. Je ferai ce voyage avec vous, à ma manière. Et si vous y pensez, envoyez-moi des petits mots, un ou deux, comme ça, des cartes postales... » Des cartes postales.

« Allons, murmure Mme Dauzan, rentrons, ils nous attendent. Et puis regarde-moi. Non, laisse-moi marcher seule. Tu vas voir comment je vais descendre cet escalier. J'aurai au moins réappris ça, ce matin. » Mme Dauzan passe devant son fils. Pierre ne bouge pas. Voici maman, comme avant. Un temps retrouvé.

Sylvie apparaît sur la berge, à l'emplacement du ponton. Elle porte la valise. Mme Dauzan lui fait un petit signe affectueux. Sylvie a l'air étonné. Puis elle sourit. Pierre instinctivement crie « Reviens, Sylvie, c'est fini ! » Tous trois se retrouvent sur le perron. Pierre prend la valise de sa mère et la cache derrière la porte d'entrée. Les enfants déjeunent à l'office. M. Dauzan sort de la cuisine. « Eh bien, vous avez beaucoup travaillé ce matin », dit Mme Dauzan en souriant.

Tout est rentré dans l'ordre. Il faut désormais parler à mi-voix, au Rivier. La maison est devenue sonore. Dolore.

Le cercle de famille, dans la véranda. Xavier et Françoise agissent comme si rien ne s'était passé. Mais le salon vide, avec son piano et son électrophone, dit la vérité. M. Dauzan s'inquiète des nouvelles du jour. Xavier sert du whisky. Françoise parle de la cérémonie du baptême. Gérard entre, tout frais, bien rasé, chemise, cravate. Il dit qu'il a bien dormi. « Et vous ? » Sylvie sourit. Elle prend Gérard par le bras. Un geste comme un autre, une histoire comme une autre. « Tenez,

Mamie, un whisky, une fois n'est pas coutume, ça vous fera du bien. » Xavier a dit cela d'une voix trop franche. Diversion. Gérard et Sylvie sont dans les bras l'un de l'autre. M. Dauzan se dit tant mieux. Mme Dauzan se dit tant pis. Gérard et Sylvie se disent que de toutes les façons personne jamais ne les comprendra. Pierre pense à Sarah. Elle doit être dans le métro. Elle va à la gare. Elle arrivera en avance, à Vernon. Françoise va chercher le bébé. M. Dauzan parle du temps. On pourra filmer le baptême à la sortie de l'église. Il voudrait une photo de lui avec tous ses petits-enfants. Françoise revient avec le bébé dans ses bras, reprend son verre de whisky et le lève. « Allons, buvons. Au héros de la journée. »

Le bébé se met à crier.

36

CONVENANCES. Françoise, à table, prend place à droite de M. Dauzan, Sylvie à gauche. Xavier à droite de Mme Dauzan, et Gérard à gauche. En bout de table, second repas, nouveaux voisins, Pierre a cette fois Françoise à sa gauche et Gérard à sa droite. On a changé la disposition des cartes. Le couple Xavier est à l'honneur. On fête le bébé, leur bébé et des retrouvailles. Pierre saura-t-il réciter le Notre Père et le Je vous salue Marie lors de la cérémonie ? « ... et à Jésus le fruit de vos entrailles. Amen. » Il ne se souvient que de ça. « Je ferai un bien piètre parrain, avoue-t-il en aparté à Françoise. Il faudra que vous m'aidiez. Je ne sais plus faire les réponses. Et puis, la liturgie a changé. Le curé aussi, n'est-ce pas ? » Françoise explique que cela n'a aucune importance. Et que de toutes les façons « le curé est prévenu. » Pierre éclate de rire. Fin d'aparté. Tout le monde le regarde. « Et de quoi l'as-tu prévenu, ton curé ? » Premier incident. Silence. M. Dauzan prend la parole.

« Je... » Il remet les couverts bien en place de

chaque côté de son assiette. « Je crois que... » Il déplie sa serviette et la pose sur ses genoux. Il regarde Sylvie, Françoise, puis Clara. « Je veux vous dire que... » Silence. Les enfants se disputent à l'office. Repas parallèles. « Je voudrais parler à chacun, alors, je ne trouve pas les mots pour parler à tous... » Il reprend place sur sa chaise, la rapproche de la table, pose les coudes sur la nappe, et, la tête dans les mains, ferme les yeux, un instant, puis rejette son visage en arrière, serre les poings, sourit, pose ses mains sur les mains de Françoise et de Sylvie. « Je ne voulais pas que tout se passe comme ça. » Il embrasse la main de Sylvie, celle de Françoise, puis de nouveau celle de Françoise, et revient à Sylvie. Préséances. Il a désormais peur de tous et de tout. Faut-il vraiment traiter chacun avec égalité ? Il sait que plus il parlera, plus il se prendra aux pièges de sa sincérité. Mais il veut provoquer cet échec. Il reviendra à l'assaut tant qu'il n'aura pas senti une famille unie, autour de lui, plus que jamais aujourd'hui. Il croit aux vertus des drames. « Je sais. Vous avez peur de ce silence. Cette minute de silence. Soyez patients, je veux parler. » Denise a refermé la porte de la salle à manger. Elle attendra pour servir le premier plat que « Madame sonne. » M. Dauzan croise les mains sur son assiette. Penché, le dos voûté, il cherche les mots. Les mots qu'il faut. Dans cette position, il semble rendre un secret hommage à Clara qui l'observe fixement. Mme Dauzan a posé sa main gauche sur la table, et de sa main droite retient sa serviette sur les genoux, la serre comme un mouchoir. M. Dauzan parle à voix basse et sourde, comme s'il s'adressait à lui-même. Ainsi et ainsi seulement il pourra parler et les siens peut-être l'écouteront. « Ce repas n'est pas une fête, je le sais. Nos repas n'ont jamais été des fêtes. Je le sais aussi. J'étais violent. J'avais ces gestes de père qui coupent tout élan. Je ne supportais peut-être pas de vous entendre vivre. La joie m'a toujours semblé une offense. Une offense à ce que nous étions et à ce que tant d'autres n'étaient pas. Et je ne devrais pas employer le verbe être. J'aurais dû vous dire d'emblée, pour être franc, une offense à ce que nous avions et à ce que tant d'autres n'avaient pas et n'ont toujours pas. » Il relève la tête. « Je me sens responsable de vous. » Il regarde Xavier et Gérard. « Même de vous deux. » Il regarde Mme Dauzan. « Clara et moi vous avons tous embarqués dans une dure histoire. » Il baisse les yeux. « Ou bien moi seul. Clara n'était même pas prévenue. Je crois que j'ai menti à tout le monde. Tout cela peut vous paraître confus. Mais je voulais un monde meilleur. Et une famille meilleure. Clara était fille unique. J'étais fils unique. Je pensais secrètement qu'ensemble, nous pouvions créer une famille unique. Nous avions l'avoir. Je pensais par mes violences, mes exigences et ma feinte indifférence, vous donner la possibilité d'être. Je pense que le plus important pour un être humain est d'exister. Mais quand on a, il est difficile d'être. » Il croise les bras, se renverse sur sa chaise, regarde le lustre. « Je voudrais tant que cela ne vous fasse pas sourire ! — Mais papa... — Parle, papa. »

« Papa ! » M. Dauzan sourit. « Je n'ai jamais bien accueilli ce mot. Je pensais qu'il était indigne du rêve que je caressais pour vous. Je vous désirais fous, tout à la fois sages et insolents. » Il ferme les yeux. « Et je sais que vous pensez à Jacques. En ce moment. Cette place vide au bout de la table. Et partout dans la maison. Et plus la maison sera vide de tous ses objets, plus il sera présent. Et plus nous essaierons de l'arracher de nos cœurs, plus il s'attachera. Ce qu'il disait, ce qu'il faisait. J'ai cru à une époque, l'époque, Pierre, de tes premières fugues avec lui, qu'il vous inspirerait tous... » M. Dauzan ouvre les yeux, décroise les bras, se tient droit devant son assiette, le visage légèrement penché. « ... Et qu'il m'inspirerait pour votre mère un sentiment, le premier peut-être de ma vie puisque je m'interdisais cette faiblesse, cet abandon avant d'avoir... réussi ! » Silence. « Et vous vous demandez quoi ? Qu'est-ce que... *papa*... voulait réussir ? » M. Dauzan sourit. « Une famille. Une vraie. En dehors de toute bourgeoisie... » Il hausse légèrement les épaules. « Et ce fut un fiasco. Je n'avais pas compris que cette bourgeoisie était une forme idéalement éprouvée, mise à l'épreuve de mesure et d'harmonie. Que les hypocrisies et les principes étaient somme toute de bon aloi. Et surtout, que dans des remparts bourgeois on ne peut vivre qu'en bourgeois, sans démesure et surtout sans espoirs. Ils gâchent tout. Ils vous font courir un risque d'hécatombe. Nous avons perdu Jacques à ce jeu, parce qu'il en était l'éclaireur. Et nous nous sommes perdus, avec lui. Et vous aussi, Xavier, et vous aussi, Gérard. Les uns s'aimant trop peu pour être vraiment unis, les autres aimant trop la vie pour être réunis. Et toi, Pierre à la dérive, avec les enfants des autres. Comme je te comprends ! Je ne pouvais que répudier par nature et par mesure le choix de Sarah. Oh ! je sais que tu vas me dire que tu ne l'as pas choisie. Je sais... » Il regarde Mme Dauzan. « Et vous, Clara, je vous demande pardon. C'était à moi, tout à l'heure, de venir à votre rencontre. De vous parler. Mais je me sentais comme un voleur avec un butin désormais sans valeur. Vous me comprenez. Et je vous dis *vous* parce que je *vous* respecte. Je ne vous connais pas. Je n'ai pas pris le temps de vous connaître, pressé que j'étais de réussir cette famille que vous avez mise au monde, pour moi. Je me promettais seulement de vous aimer et de vous apprendre à *vous* réjouir et à me réjouir le jour où cette réussite serait devenue flagrante, éblouissante. » Silence. Les enfants, à l'office, se sont tus. Joseph a dû leur faire signe de ne plus dire un mot. Denise, assise à la cuisine, attend le signal du début du repas.

« Je... » M. Dauzan met les pouces dans les poches de son gilet. Sa voix devient plus claire. « Je veux tout de même que vous gardiez un bon souvenir de cette maison, de votre mère, et de moi. C'est ridicule, je vous le concède, et ma manière de le dire exploite mal le fond de ma pensée. Je... » Il regarde Mme Dauzan. « Je crois que j'ai tenté l'impossible. Nous sommes d'une race indestructible. Oh ! je ne voulais pas la renier ou bien la détruire. Je voulais l'inspirer. Mais l'inspiration suppose la conscience. Et la conscience implique une fenêtre ouverte sur le monde d'aujourd'hui. Et le monde d'aujourd'hui est ainsi fait qu'il faut avoir, avoir, avoir, avant de prendre le temps d'être. Et ce temps, on ne le prend jamais. On n'a plus le temps. Alors, on se défend avec ce qu'on a. Françoise emporte les meubles de cette maison. C'est normal. C'est sa manière d'avoir. Sylvie les refuse. C'est tout aussi normal. C'est sa manière d'avoir. Et quand vous nous quittez, Clara, c'est votre manière d'être. Et cela est anormal, insupportable. Vous le savez. Aussi êtes-vous revenue avec nous. Nous vous *avons*, avec nous. »

« Que ce repas soit un repas d'adieu à une erreur que je vous ai fait faire et à toutes les terreurs que j'ai pu vous inspirer. Qu'il soit aussi un repas de baptême. Pour nous tous. Même si nous nous quittons de nouveau. Je viens de vous dire tout ce que le curé ne vous dira pas au baptême. Ça n'est pas encore dans la nouvelle liturgie. Clara, s'il vous plaît, voulez-vous appeler Denise ? »

37

Les enfants s'amusent à glisser sur le parquet du salon. Les enfants blonds bousculent les enfants bruns. Les enfants de Sylvie attaquent les enfants de Françoise. Même les plus petits. Les garçons blonds sont les rois des crocs-en-jambe et des chiquenaudes. Les filles blondes sont voleuses de poupées. Deux blonds et deux blondes et cinq cousins et cousines qui n'ont pas le droit de crier, de pleurer. Ils savent que leurs parents les observent. Xavier se lève de table et va fermer la porte du salon. « Tes enfants sont assez agressifs », remarque Françoise. Xavier reprend place à table. Sylvie regarde Gérard, puis son père. « Je crois, dit-elle, que nous rêvons tous de la famille que nous n'avons pas eue. Moi, je ne m'occupe pas de mes enfants. C'est peut-être une erreur. C'est... ma forme de terreur. » M. Dauzan sourit. Il a été entendu. « Ils sont tous les quatre bagarreurs, précise Sylvie, mais ils ont tous des amis. — Les miens aussi, Sylvie. — Certainement pas les mêmes, Françoise ! » M. Dauzan ne sourit plus. Il n'a pas été entendu. Sylvie et Françoise se sont pourtant parlé de manière courtoise. On ne doit pas mélanger les familles. On ne doit pas parler des familles. On ne doit rien attendre de sa famille. Il n'y a pas de règles, pas d'espoir volontaire.

Denise sert le foie gras. Joseph sert le vin blanc. « Très peu, Joseph », dit Mme Dauzan. Petits bruits de fourchettes. Cris d'enfants, au salon. Qui parlera, qui ? Qui sauvera la situation ? Tant et tant d'années à se poser les mêmes questions ! Qui osera, qui ? Et si les parents sont terribles, on les tarabuste. Et si les parents sont confiants, on devient terrible. Et dans les appartements chics, les résidences secondaires chics, dans le monde des drapiers et des apothicaires fortunés, le petit monde chouchou des notaires, ni prolétaire, ni aristocrate, dans le monde des Dauzan et des Martignac, qui crie, se baptise et crie encore, donne de gros pourboires et se demande si les gens du village ont vu maman au café et ont compris, dans cette bourgeoisie qui se targue d'un fils perdu dans une guerre sans foi ni loi, un fils perdu pour une cause perdue, dans ce petit monde qui se met à table, boit du vin sec et mange du foie gras, on se tait. Le père a parlé. Il a dit ce qu'il n'aurait jamais dû dire. Ce qu'on a toujours rêvé qu'il dise. Et maintenant, c'est fait. C'est minable. On se tait. On se sent détestable. A nu. Le visage en sang. Le masque arraché.

Mme Dauzan pose sa fourchette en travers de son assiette. Elle s'essuie les lèvres d'un geste délicat.

Elle renonce au foie gras. « Je pense, Antoine, que vous devriez encore nous parler. Mais différemment. »

Paroles en suspens. Silence. Beurre frais. On tartine délicatement les toasts. Puis on coupe des petites tranches de foie gras. On voudrait se régaler. On croque le toast. On a l'impression que ce croquement fait un bruit entendu de tous. Qui d'autre parlera ? Qui osera ? Maman a osé. Elle osera peut-être encore.

« Antoine, je vous le demande. Instamment. Vous nous avez parlé comme si vous vous sentiez accusé. Pourquoi ? »

Joseph remplit les verres. Denise présente de nouveau le plat de foie gras. Personne n'en reprend. « Mais c'est dommage, dit-elle, j'insiste. » Gérard en reprend. Sylvie imite Gérard. Sert M. Dauzan.

« Je n'ai jamais été dupe, poursuit Mme Dauzan. Vous nous avez parlé de vos rêves, Antoine, mais je les ai partagés. J'ai même encore l'impression de vivre dans un rêve qui n'est pas le mien, mais le vôtre. Vous ne nous avez pas dit l'essentiel. »

Denise sort. Joseph la suit.

« Et cela vous gêne encore que je parle devant *eux*. Mais cela n'a plus aucune importance. Ils ne nous reverront jamais, tous ensemble. — Que voulez-vous dire, Clara ? » M. Dauzan a posé sa fourchette en travers de son assiette. « C'est à vous de parler, Antoine, à vous, pas à moi. »

M. Dauzan respire profondément. « Je... » Silence. Françoise pose une main sur la main de son père. « Je voudrais que nous nous aimions tous, un instant. Ne serait-ce qu'un instant. Est-ce trop vous demander ? Ou bien cela ne se commande pas. Ou bien est-ce trop attendre de vous, de moi ? Un instant ! Aujourd'hui ! Pourquoi pas ? Pierre, regarde-moi. A quoi penses-tu ? — A Jacques, papa. — Moi aussi », dit Sylvie. Françoise retire sa main. Xavier se penche pour ramasser la serviette de Mme Dauzan qui est tombée par terre. Autre repas, mêmes rites. Mêmes inattendus. Mêmes alibis pour ne rien dire quand on ne veut surtout rien dire. On retire une main. On ramasse une serviette. L'occasion est bonne pour ne pas avouer « Jacques ! ». « Moi aussi, Jacques ! » Mme Dauzan reprend sa serviette sans quitter des yeux son mari. « L'essentiel, Antoine, mais vous pensez trop à ce que vous dites. Un mot, un seul, du fond du cœur, suffirait. Trop tard. Tant pis. Cet enfant ne s'appellera pas Jacques. Je ne le veux pas. Et je ne veux pas être sa marraine. Je n'aurai donc été la marraine d'aucun de vos enfants, Françoise et Sylvie. Aucun. Si vous voulez que nous nous aimions un instant au moins, avant de nous quitter, alors, Antoine, c'est à ce prix-là. Je ne veux plus accepter ce qui m'est imposé. »

Silence. Joseph revient avec une bouteille de Château-Margaux 47. Il la tient religieusement dans une serviette. Il se penche et la montre à M. Dauzan. « C'est Gérard qui le goûtera. Gérard ? » Denise fait son entrée. Plat d'argent. Gigot d'agneau. On s'exclame. Admiration. On félicite Denise. Apparemment, l'atmosphère se détend. Apparemment, c'est un merveilleux repas de famille, sans histoire. Chacun se sert. Goûte le vin. « Il est extraordinaire ! — Laissez le plat sur la table, Denise, nous nous servirons. » Cette fois, en sortant avec Denise, Joseph referme la porte.

Précautionneusement.

Les enfants ne jouent plus dans le salon. Joseph les emmène dans le parc. « Inutile, avoue Pierre, de vous dire à mon tour que je n'ai aucune envie d'être le parrain. Papa l'a dit. Jacques est là, en face de moi, assis à notre table. Il nous écoute. Et je ne déconne pas, pour employer une de ses expressions favorites. Je ne déconne pas. » Pierre croise son couteau et sa fourchette sur son assiette. « Et je n'ai pas faim. Tout ça est trop beau, trop bon. Je n'ai pas du tout envie de me régaler. A ton tour, Sylvie. A votre tour, Xavier, Gérard, et même toi, Françoise. Le vin est bon ? Au fait, qui va prendre les vins qui sont au cellier ? Vous ? Pour l'usine ? Pour les repas d'affaires ? Ou bien toi, papa, boulevard Lannes ? Il y a pourtant déjà une belle cave de bons vins fins. Evidemment, mille bouteilles de plus ou de moins... J'ai même entendu dire que certaines bouteilles valent désormais des millions. Tiens, un sujet de conversation. Le prix du vin. Combien vaut la bouteille que nous buvons en ce moment, mille francs, deux mille francs ? Il faut le boire sans y penser, me direz-vous ! » Silence. Mme Dauzan se lève de table. Sylvie se lève à son tour. Pierre pose sa serviette à côté de son assiette. « Je crois que le déjeuner est fini. Et c'est bien mieux ainsi. »

Mme Dauzan ouvre la porte du salon. Les enfants ont fait des glissades sur leurs manteaux.

38

M. Dauzan a reculé sa chaise, croisé les jambes. Une main sur la table, l'autre main sur un genou, il s'est tourné vers le salon. Il regarde Mme Dauzan debout, devant le piano. Elle fait tourner lentement, très lentement les pages des albums de photos. Les coudes sur la table, Gérard fume une cigarette, le regard dans le vague. Xavier rebouche la bouteille de vin. Françoise pose les mains sur ses genoux. Elle baisse la tête. Mais oui, l'amour ne se provoque pas. Ne serait-ce que pour un instant. M. Dauzan regarde sa main, sur la table. Il serre le poing. Il se souvient de ses colères d'autrefois quand d'un geste, il pouvait faire peur. Il régnait.

Pierre s'approche de sa mère, referme les albums. « Maman, je t'en supplie. Ne regarde pas ça. — Mais c'était très amusant, murmure-t-elle, il n'y a plus que des étrangers. Je ne me reconnais même pas. Toutes ces personnes sont-elles vraiment passées ici ? » Elle caresse la joue de Pierre. « Comme tu as raison ! Mais tu m'avoueras que ces albums n'étaient pas là par hasard. Le piano... les albums... l'électrophone... Ne cherche pas le disque, il est dans ma valise. » Elle regarde la cheminée. « Même les chenêts ! » A voix basse « Ils devraient aussi emporter la cendre, pourquoi pas ? »

La porte de la véranda s'ouvre. Blandine et Stéphane entrent en courant. « Oncle Pierre, j'ai vu la girafe. — Et moi l'hippopotame. — Elle était grande comme ça ! — Et il était gros comme ça ! » Mme Dauzan se baisse et prend les enfants dans ses bras. « Vous voyez, leur dit-elle, votre oncle Pierre a toujours raison. Et je suis sûre que la girafe et l'hippopotame sont déjà partis. — Oui, Mamie, tout de suite. » Elle se relève. Les enfants repartent en courant. Blandine est un peu déçue. En refermant la porte de la véranda, elle se retourne et hausse gentiment les épaules. Pierre sourit.

Sylvie a ramassé tous les manteaux. Elle les pose sur le piano. « Nous pourrions peut-être nous asseoir par terre, propose-t-elle, ou bien allons dans la véranda. A moins que les fauteuils, là-bas aussi, aient disparu. Un coup de baguette magique pendant le repas. » Mme Dauzan prend la main de Sylvie. « Non, restons là. Nous nous observons. Va me chercher une chaise, Pierre, s'il te plaît. »

Mme Dauzan s'installe au piano. Du bout du doigt, elle caresse le clavier. Les touches noires, une à une, devant elle, puis de gauche à droite, tout doucement, les touches blanches. « Mais maman, le piano est complètement désaccordé. — Ce n'est pas grave. Entre vieux amis. — Maman ! — Non, laisse-moi. » Sonate en *do*. Sons discordants. « C'est le seul morceau que je sache encore jouer. C'est très simple et très compliqué en même temps. Vous trouvez ça triste ? Pas moi. J'ai le Mozart gai ! — Mais maman, c'est faux, dit Sylvie. Pierre regarde son père. Personne n'a bougé dans la salle à manger. Sylvie se tient debout derrière Mme Dauzan les mains sur les épaules de sa mère. Elle se penche et lui dit à l'oreille « Arrête, maman, je t'en supplie. » Mme Dauzan continue. Elle sourit en jouant. Elle se souvient parfaitement du morceau. Des doigtés. Les enfants accourent du parc. Joseph, à l'entrée du salon, essaie de les retenir. « Ce que tu joues bien, Mamie ! — C'est faux, mais c'est beau », dit Régis. M. Dauzan sourit. Sylvie tire gentiment l'oreille à son fils. Stéphane s'est assis sous le piano. Les neuf enfants sont là. Heidi apparaît avec le bébé dans ses bras. Denise ouvre la porte de l'office. M. Dauzan lui fait signe d'entrer. Françoise se lève et s'approche de sa sœur, un peu à l'écart. Elle sourit aux enfants. Mme Dauzan joue de plus en plus lentement. Puis brusquement, Mme Dauzan s'arrête. « A partir de là, je ne sais plus. » Sonate en *do*. Rien qu'un instant. Un instant.

39

LE gigot est froid, mais cela n'a plus aucune importance. La famille Dauzan reprend place autour de la table. Les enfants ont été admis à la salle à manger. « Laissez-les, s'ils veulent venir, a dit Mme Dauzan, et puis, ils peuvent faire tout le bruit qu'ils veulent. N'est-ce pas, Blandine ? Et toi ? Et toi ? Allons, venez tous. — Joue-nous encore quelque chose, Mamie. » Hélène, Régis, Martine, Paul, Stéphane, François, Henri, Vincent, Blandine : Mme Dauzan se souvient brusquement parfaitement de tous leurs prénoms. Tant d'enfants autour d'elle ! Ils ont applaudi quand elle a cessé de jouer. Ils voulaient tous l'embrasser. Antoine était un peu jaloux. Mais dans le fond, n'a-t-il pas eu ce qu'il souhaitait ? Cet instant inespéré ? Espérément ? Au hasard ! « Dis, Mamie, tu nous apprendras le piano. — On ne dit pas apprendra, mais enseignera, corrige Françoise. — Maman dit toujours apprendra, répond Régis. — Alors, Mamie, c'est promis ? »

Heidi a pris place sur la chaise, en bout de table, en face de Pierre, le bébé dans ses bras. « Et le gâteau ! — Et les dragées ! » Les enfants se bousculent autour de la table. M. Dauzan prend Blandine sur ses genoux. « Blandine ! Ton grand-père déjeune, descends. — Mais c'est lui qui m'a pris, maman. » Régis s'est assis à côté de Heidi, sur un coin de la chaise. Les coudes sur la table, la tête sur les mains, il regarde Pierre. Pierre lui fait un clin d'œil. Il répond en fermant les deux yeux. Pierre sifflote. Il essaie vainement de siffloter. Il hausse les épaules. « Régis ! » Il tire la langue à Pierre. Pierre répond par un pied de nez. Les enfants rient. « Encore, oncle Pierre, encore ! »

« Miaou, miaou. » Stéphane est passé sous la table. Il fait semblant de griffer les jambes de Pierre. Pierre ne bronche pas. Mais il annonce à voix haute qu'il y a un gros minet sous la table, et que ce gros minet très méchant le griffe et lui fait mal, « très mal » ! « C'est Stéphane ! » crie Blandine. « Je ne crois pas, répond Pierre, j'ai l'impression que c'est un vrai gros méchant chat. Je sens ses griffes. Aïe, aïe... Ne bougez pas. Je vais l'attraper et nous le mangerons au dessert, tout nu, tout cru. » Tous les enfants se ruent sous la table à l'exception de Régis, qui regarde fixement son oncle. « Tu ne devrais pas leur raconter des histoires comme ça, dit Françoise en souriant. Allons, les enfants, sortez. » Il y a huit chats sous la table. Des chats griffeurs, chatouilleurs. Tout le monde se lève, écarte les chaises. « Allons, sortez », dit Xavier en riant. Xavier rit ! Les enfants sortent. Stéphane tourne autour de son oncle en clamant « Je l'ai griffé, tralala, je l'ai griffé ! — Je ne l'ai jamais vu comme ça », avoue Sylvie. Cette fois, le gigot est complètement froid. Toujours à sa place, Régis, consciencieusement, s'entraîne à cligner de l'œil, sans fermer les deux yeux. La famille Dauzan s'installe de nouveau autour de la table. Joseph débouche la bouteille de vin, pose délicatement le bouchon sur la nappe, devant Xavier. Il remplit les verres. Apporte une autre bouteille. « C'est assez, dit Françoise. — Non, non, buvons », répond Pierre.

Gérard regarde Pierre. « Je crois que je vais mettre mes enfants dans ton école. — Mais c'est une école communale ! » dit Françoise. Pierre sourit.

« Pierre, découpe le gigot, s'il te plaît. Qui en reprend ? »

« Nous aurions peut-être dû accepter les enfants au dîner d'hier », dit Gérard. Personne ne l'a entendu.

Xavier se met à parler de la politique. Du président de la République. De la gauche française. Et de la majorité « faite de quarts, de dixièmes et de centièmes ». Le sujet de conversation préféré de M. Dauzan. Préféré, mais épineux. M. Dauzan l'écoute poliment. Blandine veut revenir sur ses genoux. « Nous votons... », dit Xavier. Gérard l'interrompt « Allons, Xavier, pas de dispute, vous ne votez pas, vous votez nul, vous votez stable, vous votez neutre. Avouez-le. — Comment faire autrement ? — Faites comme moi, ne votez pas. — Ce n'est pas une solution. — Tant que le bateau flotte, il flotte. — Pardon ? » Sylvie pouffe de rire. M. Dauzan dodeline de la tête. « Moi, je vote encore, confie Mme Dauzan. — Et pour qui, Mamie ? — Ah ! ça, c'est mon secret. D'ailleurs, c'est un secret. Les jours d'élection ou de référendum, je n'ai jamais pu obtenir cet aveu de votre père. N'est-ce pas, Antoine ? *vous*... me disiez toujours que c'était une affaire entre moi et moi. » Mme Dauzan se penche vers Xavier puis vers Gérard. « C'est comme aujourd'hui, nous votons ni oui, ni non. Entre les deux. Tant que la famille tient bon, elle tient bon. Et puis, nous avons tant de petits moussaillons ! » Elle se penche légèrement vers Régis, et poursuit : « Allons, Régis, je crois que tu y arrives maintenant. Fais-moi un clin d'œil. » Clin d'œil réussi. Tous les enfants se mettent à cligner de l'œil. Eclat de rire général. Denise retire les assiettes et le plat. Joseph pose des seaux à champagne sur la desserte. Heidi regarde tout le monde, étonnée, ravie. Sylvie prend le bébé dans ses bras.

Plateau de fromages. « Non, non, Denise, nous sommes déjà en retard. Personne ne prendra du fromage. » Mme Dauzan a dit cela d'une voix simple et déterminée. Sonate en *do*. Elle règne. Pierre observe Sylvie qui observe Gérard, qui observe M. Dauzan. M. Dauzan dit à Xavier qu'il devrait faire de la politique. Xavier croit qu'on se moque de lui. Il ne répond pas. M. Dauzan se tourne alors vers Françoise et lui dit ironiquement « Alors, c'est peut-être moi qui aurait dû en faire. » Sylvie éclate de rire. « Mais papa, tu étais trop bien pour ça. » Xavier finit son verre de vin d'un trait. « Et une gorgée à cinq mille anciens francs, dit Pierre, ça vaut pourtant le coup de prendre son temps. — Dis maman, qu'est-ce qu'il vient de dire, Oncle Pierre ? — Taisez-vous. — Mais Mamie a dit qu'on pouvait tout dire... » Va Pierre, il faut rompre le silence. « Qu'est-ce qu'il y a pour le dessert, un cou de girafe, une oreille d'hippopotame ? » Saisir l'attention des enfants, diversion, divertir. Pierre a peur que tout éclate comme une bulle. Cet instant. Cet instant-là. Chacun dans son coin. Une affaire entre soi et soi. Et les enfants tout autour pour oublier que rien ne va. La bonne morale des familles. La discipline des fêtes. Dire juste ce qu'il faut, mais pas trop. « Alors ? Cou de girafe ou oreille d'hippopotame ? » Le chœur des enfants répond : « Le gâteau. » Régis sifflote : « Ce qu'il est bête, Oncle Pierre. »

« Et puis il n'a même pas vu que sa montre est cassée, tralala. »

Régis regarde son oncle. « Un cou de girafe, ou un clou de girofle ? » La famille rit.

Et au début du repas, que disions-nous, qui écoutions-nous ? Pierre s'interroge. La démonstration pourtant est simple. Le beau temps si vite après la pluie ! Et inversement. Et éternellement. Question de rite. Un dernier geste, un sursaut, trois notes de piano, et dans la maison blessée on oublie vite ses blessures. Rire et souffrir en même temps. Oh ! ça ne demande qu'un peu de rêve et beaucoup d'argent. Les assiettes à dessert sont splendides. « Nous ne les avions pas sorties depuis la première communion de Pierre », dit Mme Dauzan. Pierre, mais c'est moi ! Pince-toi le bras ! Mords-toi les lèvres ! Et si les enfants rient, ris avec eux. Et si Françoise parle cinéma, surtout, dis que tu as adoré les films qu'elle adore. Et si Xavier parle chaîne stéréo, souviens-toi que tu dois aller au concert avec Sarah. Pour Maman. Et si Gérard sourit à Sylvie, dis-toi comme eux et comme les autres que c'est tant mieux et que c'est tant pis. Pour le meilleur et pour le pire. Sarah est dans le train. Elle regarde les gares et le paysage. Sans toi. Elle compte peut-être les minutes. Toi, tu comptes les secondes. Régis a le regard de Jacques. Heidi s'est levée. Il a pris toute la chaise pour lui. Jacques. Il ne sait pas.

Denise et Joseph apportent la pièce montée. Applaudissements. Chaque enfant a son assiette et sa fourchette. Les grands se sont écartés de la table pour faire place aux enfants. Le cercle de famille est parfait. Il y a les blonds, les bruns, les jeunes et les vieux. Denise tend la pelle à gâteau à Pierre. « Mais c'est un marteau qu'il me faudrait, Denise. » Joseph dispose des assiettes de dragées. Puis il débouche le champagne. « Mais c'est la même pièce montée que celle de ta première communion », remarque Sylvie. Mme Dauzan et Sylvie se sourient. Pierre décapite le gâteau, un à un arrache les choux enrobés de caramel. Il fait tourner la pièce montée pour mieux la partager. Sur le socle en nougatine, le mari de la boulangère a inscrit « Jacques » avec de la crème chantilly. Du bout de la pelle à gâteau, Pierre l'efface. « Eh bien, dit Mme Dauzan, Denise et Joseph, allez vous chercher des assiettes, des coupes. Mais si, j'y tiens, nous y tenons tous. » Françoise ordonne aux enfants d'attendre. Stéphane se remplit les poches de dragées. Denise revient, tend une assiette et une coupe à Joseph. Pierre leur donne leurs parts de gâteau. Tout le monde se lève, sauf Régis toujours à sa place, les coudes sur la table, la tête sur les mains.

Mme Dauzan regarde son mari, puis Denise et Joseph. Les grands se servent du champagne. Les petits, fourchette à la main, attendent un signal de départ. Mme Dauzan annonce la « grande surprise de la journée. » Sa voix est à la fois hésitante, heureuse et enjouée. « Denise, acceptez-vous d'être la marraine, et vous, Joseph, le parrain ? » Silence. Mme Dauzan sourit. « Cela nous ferait plaisir. — Mais Madame... — Non, non, Denise, nous vous le proposons, et nous vous l'imposons aussi un peu. Comme toujours. — Alors, Madame... — Et vous, Joseph ? » Joseph est ravi. Mme Dauzan lève son verre. « Alors, buvons à... » Mme Dauzan regarde Xavier, puis Françoise. « A... ? Allons, maintenant, Xavier, vous pouvez nous le dire. Comment avez-vous décidé finalement d'appeler votre petit dernier ? »

40

« Xavier... comme moi », annonce Xavier. Françoise essaie de sourire. « Notre fils aîné s'appelle déjà François, le dernier portera mon nom. — Le dernier ? » remarque Sylvie. Champagne. Dragées. Gâteau. Les enfants se pressent autour de Pierre, leurs assiettes à la main. « Encore, Oncle Pierre, tu nous en donnes encore un peu ? »

Pierre portait le costume et le brassard de son frère. Ses parents avaient obtenu une dispense spéciale pour que leur plus jeune fils fasse exceptionnellement sa première communion au village, avec les enfants du village. Et de tous les premiers communiants, Pierre était le plus beau, parce que le plus paré. Mais il se sentait malingre, dans un costume trop grand. Jacques s'était moqué de lui. « En principe, à partir d'aujourd'hui tu es un grand. Tu es responsable de tout ce que tu fais. Mais si tu veux mon avis, c'est tout le contraire qui va se passer. » Pierre n'avait pas compris. M. et Mme Dauzan avaient pris place au Banc d'Honneur de l'église. Pierre cachait le missel somptueux que Mme Lalanne lui avait offert avec un réveil de voyage. Jacques servait la messe. Pierre rougissait chaque fois que Jacques, en surplis d'enfant de chœur, le regardait. Et au moment de la communion, quand le prêtre s'était approché de Pierre, l'hostie au bout des doigts, Jacques avait fait exprès de glisser le plateau trop près de la gorge de son petit frère. Pour lui faire peur. Ou bien pour le faire rire. Pierre avait vite avalé son hostie et s'était étranglé. Il s'était mis à tousser. Il avait l'impression que toute l'église n'entendait plus que ce bruit, que ses parents le gifleraient à la sortie de l'église. Aussi, quand il reprit place sur son prie-Dieu, à genoux, il se mit à pleurer la tête dans les mains, et puis à rire au plus profond de lui-même. Cantiques. Il chanta pour se distraire de sa frayeur. Il évita son frère du regard. Le col amidonné de sa chemise l'étranglait. Allait-il tousser de nouveau ? Il avala sa salive. Puis il eut la bouche sèche. Il se mordit les lèvres jusqu'au sang, observa longuement les vitraux. *Ite missa est*. Ouf. « Idiot. — Idiot toi-même. — Crétin. — C'est celui qui dit qui est. — C'est celui qui dit qui est, qui est », répondit Jacques en donnant un coup de poing à son frère. « Et puis tu ne vas pas te mettre à parler comme les filles. »

Photo. Sur l'escalier de l'église. M. et Mme Dauzan, leurs quatre enfants, Mme Lalanne et M. le Curé. « Ne bougez plus », disait Joseph. Mais

Jacques tire tout le temps sur le brassard de son frère en murmurant « T'es déguisé. T'as l'air bête ! — Mais c'est ton costume. — Taisez-vous, regardez Joseph et ne bougez plus. » Papa se fâche. Les enfants rient. Photo réussie.

A part Mme Lalanne et M. le Curé, pas d'autres invités. Les grands-parents sont morts. Et les amis ? Pas d'amis ! Tout se passe en famille, « le plus simplement du monde. » Le mari de la boulangère livre la pièce montée au début du repas. Au sommet, un petit temple d'amour, et dans le temple un premier communiant un cierge à la main. M. le Curé fait remarquer que le boulanger utilise les mêmes décorations pour les mariages et les premières communions. « Ce temple est un peu frivole, vous ne trouvez pas ?... »

Diversion. M. Dauzan parle de Claudel. M. le Curé répond poliment. Puis il avoue « Je n'ai jamais rien lu de lui. — Alors, je vous enverrai ses œuvres complètes, dit Mme Lalanne, je ne savais pas quoi vous offrir. Je suis ravie. »

Au dessert, Jacques découpe la pièce montée. Dans l'assiette de Pierre, il met en place le temple d'amour et le premier communiant. « C'est à toi de le manger, Pierre, c'est du sucre, c'est très bon. » Et Pierre le croque, à contre-goût, en faisant une grimace. Son père annonce alors à

M. le Curé la donation qu'il fera pour la restauration des portes sculptées de l'église. Pierre accuse en lui-même son frère de l'avoir poussé à un acte d'anthropophagie. « Eh bien, petit frère, tu ne t'aimes plus ? » Jacques prit Pierre à part, au moment où tout le monde se dirigeait vers la véranda, pour le café. « Tu auras au moins appris ça aujourd'hui. »

Le café fut servi sur le perron. Mme Lalanne se brûla les lèvres. Grand classique favori de la famille Dauzan. Les boucles se bouclent. Les cols amidonnés étranglent. Les simulacres de fêtes sont parfois plus beaux que les fêtes elles-mêmes. Mais les vraies fêtes existent-elles ?

« Eh bien, Pierre, à quoi penses-tu ? » Sylvie prend son frère par le bras. « Arrête de donner du gâteau aux enfants, ils vont être malades. » Sylvie embrasse Pierre. « Allons, souris. »

Pierre interroge sa sœur à mi-voix. Régis, au bout de la table, les observe, les écoute. « Pourquoi as-tu fait remarquer tout à l'heure que cette pièce montée était la même que celle de ma première communion ? — Comme ça. — Alors, tu te souviens, Jacques vous avait redonné des choux et des bouts de nougatine, à Françoise, à toi, et vous aviez été malades, malades... — Je me souviens très bien. — Alors, je fais la même chose avec tes enfants. » Silence. Entre Hélène, la plus timide des nièces de Pierre. Elle tend son assiette, sans mot dire. « Tiens, tu en veux encore. Deux choux ? En voici quatre ! Et de la nougatine ? » Pierre casse le socle de la pièce montée avec le manche de la pelle à gâteau. « Tiens, et si tu en veux encore, reviens. » Régis, fidèle à son poste, a trouvé la scène très amusante. Pierre le regarde, il cligne d'un œil et sifflote. « Pourquoi fais-tu ça à nos enfants ? demande Sylvie. — Comme ça », murmure Pierre. — Ce n'est pas une réponse. — C'est ce que tu m'as répondu tout à l'heure. — Alors, pourquoi ? — Je ne sais pas. Je pourrais te donner de nombreuses explications. Je voudrais peut-être qu'ils bouffent cette maison jusqu'à l'écœurement. Je voudrais peut-être qu'ils bouffent Jacques, pour nous, jusqu'à le faire crever en nous. » Pierre regarde Sylvie, pose la pelle à gâteau sur la table. « Je voulais peut-être obtenir d'eux un dégoût. Qui sait ? Peut-être s'aimeront-ils mieux que nous ? En fait, je ne le crois pas. » Stéphane revient avec son assiette. « Un petit peu de nougatine, Oncle Pierre, s'il te plaît. — Non, non, c'est fini. » Pierre sourit. « Mais tu as les poches pleines de dragées, n'est-ce pas ? Je crois même t'avoir vu les prendre. Alors, venge-toi sur elles. Mange-les vite, vite, vite. — Pourquoi parles-tu de vengeance, Pierre ? »

Stéphane pose son assiette sur la table et part en courant. « Quelle heure est-il ? » demande Sylvie. Pierre sourit. Découvre son poignet. La montre cassée. « Toujours la même heure. C'est l'heure fixe, ici, aussi. » Régis sourit à Pierre. « Eh bien, Régis, tu ne vas pas jouer avec les autres ? demande Pierre. — Ils ne jouent pas vraiment. Moi, par contre... » répond Régis. Pierre et Sylvie échangent un regard complice. Denise traverse la salle à manger avec la cafetière. « Viens, dit Pierre à Sylvie, rejoignons les autres. » Il se tourne vers Régis. « ... *nos* autres ! » Il sourit. « Tu ne viens pas avec nous ? — Merci, Oncle Pierre, je suis très bien ici. Je regarde. »

Une hostie en travers de la gorge. Maman au Banc d'Honneur. Elle porte un chapeau étonnant, tout blanc, enrobé de violettes et de camélias de tissu. Autre gâteau. Mais à quoi jouions-nous ? A quoi jouons-nous encore ? Sylvie serre le bras de son frère. « Reviens avec nous, Pierre, un instant, ne serait-ce qu'un instant. — Tu parles comme papa, maintenant ? Va, va vite, je te rejoins. »

41

Jacques adorait les puzzles. Une table lui était réservée, à cet effet, dans la véranda. Il choisissait les plus grands et les plus complexes. Le sujet figuré ne l'intéressait pas. Sitôt les mille ou quinze cents pièces mises en place, il cachait la boîte pour ne plus la regarder. L'image n'était pour lui d'aucune importance. Seule, la complexité le captivait. Il classait d'abord les pièces par coloris dominants, puis dans chaque groupe, par types de découpe. A part, il se réservait ce qu'il appelait « l'enfer » des pièces aux tonalités ou aux dessins confus. « Les plus faciles », disait-il. Et quand la boîte rangée, les pièces classées, il commençait à jouer, ce n'était jamais par le pourtour. « C'est aussi beaucoup trop facile, disait-il. Le plus beau, c'est de commencer au hasard. Le plus beau, c'est un détail qui attire l'attention, et autour duquel se bâtit, s'imbrique une scène. Pièce par pièce. Regarde, petit frère, tu vois, ça, ça va avec ça. Regarde. Au hasard. »

D'un week-end sur l'autre, d'une année sur l'autre, il y avait toujours un puzzle inachevé sur cette table de la véranda, là. Les jours de pluie, avant les repas ou le soir tard, quand Jacques boudait son frère, ou le matin tôt, de retour de Silvacane, quand ce n'était pas encore l'heure du petit déjeuner, Jacques s'asseyait et d'un geste sûr plaçait d'emblée une pièce, puis deux, puis trois. Comme s'il n'avait pas cessé de jouer, entre-temps. Ou bien était-ce un stratagème. D'une fois sur l'autre, préparait-il deux ou trois pièces pour épater son frère ? Pierre ne le sut jamais. « Ce que j'aime, disait Jacques, c'est chaque détail, chaque morceau, ce qu'il dit à lui seul, et ce qu'il devient lorsque je le joins au dessin. » Pierre boudait ce jeu. D'ailleurs, Jacques souhaitait faire ses puzzles seul. Pierre en fait se sentait incapable de patience. Comment pouvait-on porter tant d'attention à de si petites nuances, à toutes ces formes de découpe presque identiques ? « Ah ! ça, c'est une grâce que j'aie, petit frère, et que tu n'as pas encore. Mais si un jour, toi aussi tu découvres ce jeu, souviens-toi, ne commence jamais par le pourtour. Il dit tout, tout de suite. Et après, on ne fait plus que du remplissage. Par contre, là, tu vois, ce visage, cette main, c'est une Vierge à l'Enfant d'un type qui n'a jamais dû penser qu'on le découperait un jour en petits morceaux, comme ça. Mais il y a là un petit bout de tapisserie, et là un coin de meuble. C'est par là que je préfère commencer. C'est tellement plus beau après ! »

Denise en faisant le ménage n'avait pas le droit de toucher à cette table. Ni même de l'approcher. L'hiver, le puzzle se couvrait de poussière. Au printemps, Jacques soufflait dessus et recommençait comme s'il l'avait quitté la veille. « Si je te disais, petit frère, que c'est ma manière d'attendre, ici, avec vous, que rien ne se passe dans nos vies, tu ne me comprendrais pas. Pas vrai ? »

« Si je te disais, petit frère... »

Cette Vierge à l'Enfant de Van Eyck, Pierre la revit un jour au musée du Prado, bien après la mort de Jacques, en compagnie de Sarah. « Viens, Pierre, il y a encore beaucoup de tableaux à voir. » Pierre ne bougeait pas. Il regardait les plis de l'immense cape rouge de la Vierge. Jacques les avait cités en exemple. « Chaque pli est un coup de théâtre, un tout petit coup de théâtre, comme ici, quand papa tape du poing sur la table ou quand maman a dit ce qu'il ne fallait pas dire. Juste une nuance dans du rouge couleur de sang, un vrai travail d'assassin, un pli, c'est un trait que l'on suit, jusqu'à ce qu'il s'évanouisse, un filon que l'on exploite jusqu'à ce qu'il s'épuise. On tombe alors dans des pièces toutes rouges. Celle-là, par exemple. Puis on cherche de nouvelles zones d'ombres dans tout ce sang, d'autres plis, d'autres incidents, et le temps s'efface dans le drapé de cette cape. Comme ici. C'est bien mieux ainsi. » Pierre regarde la table. La caresse du bout du doigt. Sylvie lui fait signe de rejoindre tout le monde sur la terrasse.

Jacques n'achetait pas les puzzles. Il en avait une dizaine et il les échangeait. De temps en temps, il faisait passer une annonce dans *Science et Vie* ou dans *Le Chasseur français*. Il recevait un courrier mystérieux, le seul qu'il ait jamais ouvert. Et des paquets volumineux, méticuleusement enveloppés. Echange « Pleine mer » de Turner contre « Vaches aux champs » de Constable. Echange « Ronde de nuit » contre « Radeau de la Méduse »...

« Ecoute, petit frère, tu peux me regarder jouer, mais pas dans mon dos. Tu t'assois là, en face de moi. Et surtout tu ne touches à rien, tu ne dis rien. C'est une affaire entre moi et moi. »

Une affaire entre moi et moi. Une famille, un seul langage. Un dialecte rebelle. Mais jamais de rébellion. Il y eut aussi cette « Fête dans une auberge » de Jan Steen, que Jacques n'échangea jamais et recommença plusieurs fois. « Pour le plaisir ! » Il en aimait la truculence des scènes de détail, cette mère qui donne à téter à son enfant, cet homme qui soulève la jupe d'une femme, ces chiens qui se disputent un os, cette multitude de personnages sur des plans différents dont il triait les pièces d'un geste de plus en plus sûr, chaque fois qu'il entreprenait son « puzzle chouchou. » « Ce coup-là, je le ferai en un seul soir. » Pierre l'avait attendu. Ils s'étaient couchés à deux heures du matin. « Tu vois ! Et la prochaine fois, on ira se coucher plus tôt, à minuit. Tu paries ? »

Le tableau de Jan Steen était au Louvre. Plusieurs fois, en sortant de la rue Jean-Jaurès, Pierre était allé le revoir, seul, sans Sarah. Pour le plaisir. Il y avait dans ce tableau tant de musiciens, de danseurs, de buveurs, de servantes et de clients, tant d'histoires racontées en une seule scène ! Tonneaux, jarres, écuelles, pichets d'étain, seaux, cannes, jusqu'à la cage de perroquet accrochée au plafond, aucun détail n'était superflu. Tout criait de vie et de vérité. Des arbres, entrevus par la porte et les fenêtres, apportaient aussi leur message. Pierre apprit, en revoyant ce tableau, à mieux connaître son frère. Cause perdue. Ensemble, ils avaient donc frôlé la vie. Seul, il la frôlerait encore. Votes neutres. Votes nuls.

Quand Jacques partit pour l'Algérie, il laissa un puzzle inachevé. « Je me régalerai à mon retour. » Jacques l'avait échangé à un collectionneur irlandais contre son plus beau trois-mille-pièces, un « Pacha sous son dais » daté de 1928, qui paraît-il était devenu introuvable. « Et il ne manque pas une pièce, l'Irlandais fait une affaire ! » Le puzzle reçu en échange représentait un damier, en perspective. Toutes les pièces étaient noires et blanches. Aucune autre couleur. « C'est le plus difficile de tous ceux que j'ai faits. Mais j'ai l'œil. J'y arriverai. »

Après la mort de Jacques, Mme Dauzan ordonna à Denise de nettoyer la table. « Qu'est-ce que je fais du puzzle, Madame ? — Vous le remettez dans sa boîte. »

Où sont passés les puzzles de Jacques ? Dans le camion, déjà ?

La table est là. Pierre rejoint sa famille sur le perron, devant la porte de la véranda. « Dépêche-toi, ton café va être froid. — Maman veut dire, dépêche-toi, ton café ne te brûlera pas. » Rires. « Je n'emporterai qu'un objet, dit Pierre à mi-voix, c'est cette table, là, ça ne vous ennuie pas ? »

« On appartient aux objets, petit frère, si tu savais... »

42

SILENCE. Un sucre ? Deux sucres ? Vent froid. Rentrons ? Non, restons. J'espère qu'il ne va pas pleuvoir. C'est à quelle heure ? Quatre heures ? Plus qu'une heure. Il faut dire à Denise d'aller se préparer. Joseph voudrait savoir si papa pourrait lui prêter une cravate. Toutes ses cravates sont noires. Evidemment, pour un baptême... Tiens, j'ai reçu une goutte d'eau. Ce n'est rien. Ce film était formidable. Tu l'as vu, Pierre ?

Pierre n'écoute plus. On s'adresse à lui ? Il répond « oui » évasivement. « Et c'est tout ce que tu en penses ? » Il ne répond plus. Il s'appuie sur la margelle du perron, face au fleuve. Qui parle, qui ? Mettre un visage sur une voix, recomposer le cercle de famille, à l'heure du café, au lieu précis de tous les petits bonheurs. Cet endroit où il se trouvait toujours quelqu'un pour dire si on faisait ceci, si on allait là, une partie de tennis, une baignade, un championnat de croquet ? Puzzle en vrac. Toutes les pièces sont mélangées. Pierre pense à la table. Il boit son café à petites gorgées. Il interroge le fleuve. Le fleuve ne répond plus. Les péniches ne passent plus que de l'autre côté de l'île qui fait face au Rivier. De ce côté, les saules, les peupliers, les noyers sont déracinés, comme suicidés. Les berges sont encombrées d'arbres qui ont chu. Ce bras du fleuve est mort. Il faut écouter ce que les autres disent, Pierre, dans ton dos.

Maman parle du docteur Gambit. Il ne prend jamais un jour de vacances. L'infirmière d'étage était portugaise et ne parlait pas un mot de français. Elle en a exigé une autre. Mais cette cure, maman, ne va pas durer éternellement ? Clara, je vous en prie, vous pouvez revenir boulevard Lannes quand vous le désirez. Vous. Mais qui m'a envoyée là-bas, Antoine ? Silence. Pierre, tu veux un peu plus de café ? Pierre se retourne. Il les regarde. Un à un, en détail. Il a peur du pourtour. Le Rivier. C'est trop facile.

Le gardien de l'usine revient avec les manœuvres. Il y a un peu de place dans les camions. Y a-t-il encore des objets à charger ? Je viens avec vous, je vais vous montrer. Non, Françoise, j'y vais, repose-toi. Se reposer ? De quoi ? Puis la voix de Sylvie, tranchante. Et qui a gardé l'usine aujourd'hui ? Pas de réponse. Nous rentrerons tout de suite après le baptême, je n'aime pas conduire de nuit. A moins que tu prennes le volant, Gérard. Heidi est très gentille, où l'as-tu trouvée ?

Les hommes, des objets, la fête à l'auberge. Tu ne diras pas à Sarah pourquoi tu as choisi cette table.

Va-et-vient d'hommes et de meubles. Cercle de famille indifférent. Françoise voudrait bien pouvoir se retourner pour vérifier si Xavier ne se trompe pas. Maman, par contre, voit tout ce qui se passe. Papa regarde le parc. Et si on me réapprenait à lire dans un livre où tout commencerait par « papa regarde le parc » ? Mais, Pierre, qu'est-ce que ça changerait ? Tout recommencerait de la même façon. Sarah est arrivée. Elle t'attend devant la gare. Elle n'a pas oublié le pull-over multicolore.

Françoise, va voir si Denise est prête. Et toi, Sylvie, tu pourrais emporter toutes ces tasses à la cuisine. Et puis, prépare tes enfants. L'église sera froide. Françoise, n'oublie pas la couverture du bébé ! Mais maman, nous avons encore le temps. La voix de papa. Alors, Gérard, et vos affaires, nous n'avons pas eu le temps de nous parler. En crise, aussi ? Non, non, nous construisons autant. Mais moins bien, c'est tout. N'importe comment ? Oui, franchement, n'importe comment. Et cela n'a aucune importance. Personne n'est responsable. Vous m'amuserez toujours, Gérard. Pourtant, ce n'est pas amusant, Père. Sylvie, peux-tu emporter les tasses sales à la cuisine ? Pourquoi nous presser, maman, nous avons tout le temps.

Et vous leur donnez aussi l'électrophone ? Non, Clara, ils le prennent. Eh bien, Pierre, assieds-toi avec nous. Il préfère rester debout, dit Gérard. Pas vrai ?

Pas vrai !

43

LANGAGES gommés. Règle de rencontre : en toute situation, frôler l'essentiel. Et surtout, ne jamais vraiment faire face. Ainsi, du perron, maman voit ce qu'elle ne devrait pas voir, et Françoise ne voit pas ce qu'elle voudrait voir.

Sylvie emporte les tasses sales et la cafetière sur ce plateau d'argent que Françoise ira nettoyer tout à l'heure, en vitesse, pour l'emporter dans sa voiture. En plus. Toujours ça de pris. Ou bien, imagines-tu ce détail, Pierre ? Dans tout portrait de famille, il ne peut donc y avoir que des touches cruelles, des pensées allusives mais jamais combattantes, des attaques vives stoppant net au moment où la décence vire à l'indécence blessante. Il était une fois, dans un village, un parc, et dans ce parc une maison, et dans la maison, des acteurs qui ne voulaient plus jouer un drame qu'ils connaissaient trop. Mais de temps en temps, c'était plus fort qu'eux, ils s'offraient une bribe de scène, provoquaient un mouvement de figurants, et les figurants étaient des enfants.

Ceux-là injustement qui savent tout et qui ne savent rien. L'ensemble donnait l'illusion d'un spectacle.

M. Dauzan approche son fauteuil de celui de Gérard. Il parle à voix basse à son beau-fils. Il lui propose de l'aider, d'intervenir auprès de tel ou tel ami qui, en ce moment, est dans tel ministère. « Si je lui demande ce service, il me le rendra. » Pourtant, cette morale combinarde lui paraît méprisable. « Mais c'est normal, dit-il, je lui ai rendu tant de services ! » A se renier ainsi, M. Dauzan croit faire un sacrifice pour ses petits-enfants. « Eux seuls comptent pour moi, désormais, avoue-t-il. Vous me comprenez, Gérard ? — Très bien, Père, mais... — Vous refusez toujours mes interventions. Je voudrais pourtant vous aider. Réfléchissez. Si vous changez d'avis, téléphonez-moi boulevard Lannes, ou bien venez me voir. » Gérard remercie son beau-père. Un merci bref et distrait. « Et Sylvie ? murmure M. Dauzan. — Vous la connaissez mieux que moi. Nous allons revivre ensemble ? Aucune importance. Un caprice du moment. Justement, pour vos petits-enfants. Elle a sa vie, j'ai la mienne. Les enfants ont désormais la leur. Et je compte beaucoup sur Régis. » Sylvie revient de la cuisine. Elle prend Gérard par le bras. « Allons faire un tour dans le parc, veux-tu ? » Elle regarde Pierre. « Viens avec nous, juste un petit tour. Le dernier. Pour le plaisir de ce week-end. On a l'impression de tout faire pour la dernière fois. »

A l'office. « Eh bien, dit Denise à Joseph en remettant en place le col de son chemisier, je m'attendais à tout sauf à ça. Et vous ? — Oh ! moi, répond Joseph en nouant autour de son cou une cravate de soie bleu uni, je m'attends toujours à tout. »

Mme Dauzan entre dans la véranda. Elle s'assoit à la table de puzzle. Françoise reste seule avec son père. De temps en temps, elle tourne la tête. Elle surveille la porte d'entrée. Face nord de la maison. L'hiver. La fuite en pleine tempête. « Tu peux aller aider Xavier si tu le désires », propose M. Dauzan. Françoise se lève un peu trop vite, embrasse son père, et disparaît dans la maison. M. Dauzan reste seul. A qui désormais peut-il rendre service ? Il sourit amèrement, et ce sourire lui fait du bien. Il aime cet échec. Qui ne pille pas est pillé. Qui espère ne connaît que le désespoir. Et qui n'accepte pas ce désespoir se retrouve seul. Et qui se retrouve seul offre le spectacle fou dc sa solitude. Le pardon à Clara n'était qu'une idée de pardon. L'espoir d'une vie juste dans un milieu injuste n'était qu'une idée de justice. Il sourit. Mais cette fois, il se moque de lui. On ne provoque pas son milieu. On n'appartient pas à un milieu. On est appartenu. Et tout orgueil, toute intégrité ne peuvent qu'entraîner une cécité. On emmène son monde au massacre. Que la maison se vide, vite ! Que chacun revienne chez lui, vite ! Que tout rentre dans le désordre. Vite. Es-tu content de toi, Antoine ?

Je suis content de moi ! Malgré tout ? Non, à cause de tout. J'ai tenté. Mais quoi ?

Mme Lalanne se croit romancière. Elle voudrait commencer une spectaculaire carrière de femme de lettres à soixante-neuf ans. Elle a écrit un jour « J'ai connu une famille décapitée. Mais honnêtement, je crois que toutes les familles sont décapitées. Car le temps passe. Et jamais impunément. Quels que soient les rêves, ou quelles que soient les soumissions de chacun. Ou bien... » C'est tout. Elle s'est arrêtée là. Elle a préféré écrire à sa filleule Clara une lettre pour rien, et surtout pour ne rien dire. Une famille comme ça, on ne doit pas la déranger. Elle doit souffrir et mourir dans ses souvenirs, petit maillon d'une chaîne d'or. A chaque maillon, un échec. Mme Lalanne relit le début de son roman. Elle corrige les premiers mots « J'ai connu une famille décapitée, folle, prête à tout... » Puis elle s'arrête...

Xavier remercie le gardien de l'usine et les manœuvres. Gros pourboires. Françoise leur serre la main en souriant. « Et surtout, rangez tout dans un local sec. Veillez bien à ce que personne n'y entre. Nous prendrons une assurance spéciale demain. — Très bien, Madame. » Les hommes s'en vont, ferment le portail. On entend de grands bruits de portières de camion que l'on fait claquer. Dimanche. Temps gris. 3 h 25. Encore une demi-heure. Françoise et

Xavier s'approchent de M. Dauzan, main dans la main, l'air heureux, comme des enfants triomphants.

Mme Dauzan se tient droite sur sa chaise, les mains posées à plat sur la table. Elle revoit le puzzle inachevé, le damier en perspective, et toutes les pièces, alignées, classées, tout autour. Faire-part de la mort de Jacques. Film en noir et blanc. Elle respire profondément. Elle entend Françoise remercier Antoine. Au nom des enfants. Véranda. Salle d'attente.

44

SYLVIE, Gérard et Pierre rejoignent les enfants, au fond du parc. Stéphane vient de ramasser un escargot. « Il est beau, dit-il, c'est le Bon Dieu qui l'a fait. » Puis il pose l'escargot sur le sol, et l'écrase avec une pierre, en riant aux éclats. Sylvie retient Pierre. « Non, ne lui dis rien. Réserve quelques bonnes petites surprises à Françoise. Ça la distraira. »

Ils marchent. Les enfants tournent autour d'eux. Ils croquent des dragées, les mettent ostensiblement dans leur bouche, en sautillant et en tapant des mains. « J'en ai encore mangé une, tralala ! » Sylvie prend un air détaché. « Pourquoi vous en vanter ? Vous faites ce que vous voulez. — C'est vrai, maman, mais ça n'a tout de même pas l'air de te plaire. Regarde ! » Démonstration. Trois dragées à la fois. « Hummm, c'est bon ! »

Gérard prend Sylvie par la taille. Il écarte de la main gauche les branches basses. « Je voudrais revoir le tennis », dit-il. Pierre marche devant eux, les mains dans les poches. « Le soir, raconte Sylvie, Régis vient parfois se réfugier dans mon lit. Je ne devrais pas l'accepter. Mais cela me plaît. Il se serre contre moi. Je le sens parfaitement conscient de tous ses gestes. » Silence. Gérard sourit. « C'est tout ? — Non. Il y a un mois environ, je suis rentrée très tard. Régis est venu dans ma chambre, comme un petit chat. Je l'ai pris dans mes bras. Il s'est glissé dans le lit. Il n'a fait aucun des gestes qu'il faisait d'habitude. Il avait par exemple l'habitude de s'endormir les mains autour de mon cou, le visage dans ma poitrine, comme s'il se laissait transporter à bout de bras. Non. Ses gestes étaient fous. Nerveux. Cette fois, il dormait, à moitié inconscient. Et j'eus un instant l'impression qu'il allait me violer. Il me faisait des choses très précises. Je l'ai pris dans mes bras, et je suis allée le coucher dans son lit. Quand je l'ai bordé, il a murmuré, *tu n'aurais pas dû faire ça, maman.* » Gérard prend la main de Sylvie, passe devant elle. Il faut se baisser sous les branchages. Voici le tennis. Et Pierre de dos. « Tu as entendu mon histoire, Pierre ? » Silence. « Dis-moi ce que j'aurais dû faire ? » Pierre se retourne et sourit. Blandine s'approche de lui, et lui tend une dragée. Stéphane pousse des cris de Sioux. Henri pousse Hélène dans les orties. « Idiot ! — Idiote toi-même. — Poule mouillée. Va te plaindre à ta mère ! — Henri, sois gentil avec ta cousine. — Non, maman. »

Sylvie s'approche de Pierre. « Régis m'inquiète, c'est un enfant sans âge, un sage. — Alors, pourquoi t'inquiètes-tu ? »

Pierre invite les enfants à le suivre sur le court de tennis. « Venez, nous allons faire une partie. — Mais, Oncle Pierre, c'est plein d'orties. — Alors, faites comme moi, courez, mais ne vous arrêtez pas. Les orties ne piquent que si l'on s'arrête. — C'est vrai, maman ? » Sylvie sourit. Gérard prend sa plus jeune fille dans ses bras. Sylvie pousse Henri devant elle. Tout le monde se met à courir sur le tennis, bras en l'air, en poussant des cris. « Et surtout, ne vous arrêtez pas ! — Oncle Pierre, attends-moi. Aïe, aïe ! » Pierre soulève la chaise d'arbitre, la remet en place, grimpe à l'échelle et s'assoit. Les enfants le prennent d'assaut. Gérard s'arrête d'un côté du court, Sylvie de l'autre. « Eh bien, crie Pierre, faites une partie ! » Sylvie lance en l'air une balle imaginaire, mime un service en riant. Gérard, sa fille dans les bras, mime un revers, Sylvie rattrape la balle de justesse, manque de trébucher dans les orties. « Bravo, maman ! » Gérard recule en éclatant de rire. Balle perdue. « Quinze zéro pour toi, Sylvie. — Maman gagne, maman gagne ! » Sylvie mime de nouveau un service. Gérard répond par un smash. « Quinze partout. » Nouveau service, nouvel échange de balles. Le court de tennis est bientôt piétiné. « C'est beau, murmure Stéphane, la bouche pleine de dragées. Tante Sylvie joue très bien », affirme Blandine de manière très féminine.

Jacques adorait arbitrer. Jacques était le seul dont on acceptait l'arbitrage. Quand il jugeait une balle hors limites, on ne le contestait pas. Sylvie essoufflée, ravie, monte au milieu du court. Gérard la rejoint. Ils se serrent la main. Au-dessus du filet. Il n'y a pas de filet. Des orties. Sylvie se pique. « Tu vois, maman, il ne fallait pas t'arrêter. » Fin de partie. Ça vaut bien quelques dragées de plus. Les enfants applaudissent. On entend une voix de l'autre côté du parc. « François, Martine, Stéphane, Blandine... dépêchez-vous, c'est l'heure ! » La voix de Françoise. Aiguë, perçante. Les enfants de Françoise haussent les épaules. Stéphane descend de la chaise d'arbitre. « C'est dommage, dit-il, on commençait à s'amuser. »

« Nous aussi, maman, il faut y aller ? » Sylvie répond oui, de manière gentille et déçue à la fois, un peu comme si elle regrettait aussi cette fête d'un instant. « Et Régis, où est-il ? Maman, il ne joue jamais avec nous. » Sylvie serre ses trois enfants autour d'elle, regarde Pierre. « Il jouera avec vous, un jour, vous verrez, et ce sera le plus beau jour de votre vie. »

Pierre sort du tennis en dernier. Champ d'orties dévasté par une tourmente. Les cris d'aujourd'hui étaient si proches des cris d'autrefois ! Souvenir, souvenir, le joujou des riches. « Merci, Pierre. »

Sylvie embrasse son frère sur les joues. Ses enfants courent vers le Rivier. Ils rejoignent les enfants de Françoise. Gérard, cette fois, marche devant Pierre et Sylvie. Il écarte les ronces et les branches basses. Silence. Puis bruit de pas sur les graviers, perron. « Dépêchez-vous, nous allons être en retard. » En retard ?

45

QUE comptes-tu faire pour ta mère ? Rien, et toi ? Rien. Et que comptes-tu faire pour toi ? Rien, il n'y a rien à faire. Et c'est ça, une famille ? Oui, c'est ça. Toujours ? Presque. Pourquoi presque ? Ce sont toujours les familles des autres qui sont comme ça. Comment, comme ça ? Eh bien, prenons un autre exemple. Que comptes-tu faire pour ton père ? Rien, et toi ? Rien. Et que comptes-tu faire pour les autres si tu ne fais rien pour toi ? Rien, il n'y a rien à faire. Que des affaires. Qui parle à qui ? Mais voyons, personne ne parle jamais à personne.

La famille au garde-à-vous, sur le perron. On n'attend plus que le bébé. On a fermé le portail du parc, mais la double porte d'entrée est restée grande ouverte. Le Rivier a été dévasté comme le court de tennis. Attention, si tu t'arrêtes, ça pique ! Chaque situation est un message, un langage. Chaque attitude est un aveu. C'est trop beau pour être faux.

Manteaux, cache-col, bonnets. « N'oubliez pas vos gants. » Comment attraper des dragées au fond d'une poche, avec des gants à la main ? « Remets tes gants. — Oui, maman. » Schlupp, schlupp. On croque les dragées avant même de les sucer. On a l'impression de se casser les dents à chaque fois. Chic alors, on va perdre ses dents de lait plus vite, les dents de devant, les plus belles. On les mettra sous l'oreiller et pendant la nuit, la petite souris viendra les prendre et laissera un petit cadeau en échange. De l'argent. Un billet de dix francs par dent. Cinq dents à dix francs, cinquante francs. C'est beaucoup d'argent. Vive la petite souris ! Cric, croc, et en plus c'est bon, c'est écœurant. Qui pense, qui ? Les enfants, tous les enfants. Ils apprennent ainsi à calculer.

Voici Heidi, le bébé. Robe de baptême, fétiche de famille. Tous les Dauzan de père en fils et en fille ont été soigneusement enroulés dans cette chasuble de batiste brodée. Qu'il est mignon ! Allons ! « Mais où est Régis ? »

Pierre entre dans la salle à manger. « Eh bien, Régis, tu viens ? » Régis ne bouge pas. « Tu veux rester là ? — Non. — Alors, viens. — Non. » Pierre s'approche de son neveu et se penche vers lui. « Que regardes-tu ? — La table, c'est marrant. — Qu'est-ce qui est... marrant ? — Tout ce qui se passe sur la table. Regarde les verres. Je vois une armée. » Pierre se met à genoux à côté de Régis. « C'est vrai, c'est une armée. Mais il ne se passe plus rien. — Je ne crois pas. Les grands verres observent les petits, les couverts prennent d'assaut les assiettes, l'ennemi se cache dans les serviettes, il va attaquer. Tu vois, il s'en passe, des choses. — Et tu joues à la guerre, comme ça, tout le temps ? — Ouais. Je regarde. Ça suffit. Même quand il ne se passe rien, il se passe quelque chose. — Quel âge as-tu ? — Quel âge me donnes-tu ? » Ils éclatent de rire. « Allons, viens. » Régis se lève, prend une serviette, la jette en l'air, puis deux, puis trois. Il tourne autour de la table en déplaçant les verres, en remettant les couverts à côté des assiettes ou bien carrément dans les assiettes. Puis il suit son oncle, et se retourne une dernière fois. « Je leur ai fait faire ce qu'ils n'osaient pas faire. — Qui, ils ? — Là, eux, sur la table. Ils vont encore se battre, mais différemment. — Viens. » Ils passent tous deux dans l'entrée. « Les voilà », dit Françoise. « Tu sais, Oncle Pierre, murmure Régis, moi, je ne m'ennuie jamais. »

« Je veux rester près de toi, Oncle Pierre. » Pierre donne une petite tape amicale à Régis. « Tu veux bien ? »

Joseph et Heidi prennent la tête du cortège. Puis Denise et Mme Dauzan. M. Dauzan entre Sylvie et Françoise. Xavier et ses enfants. Gérard et les siens. Pierre en dernier, avec Régis. Joseph ouvre le portail. Mme Dauzan se retourne en haut de l'escalier. « Mais vous avez laissé la maison ouverte ! — Oh ! ce n'est pas grave, maman, qui pourrait venir en notre absence ? » Françoise rougit. Elle s'approche de Xavier qui lui dit à voix basse : « Il vaut mieux que tu ne dises plus rien. »

Adieu, Rivier, notre royaume. Adieu, saisons et volets qui cognent aux branches des noyers. Adieu, cris et cafés brûlants. Adieu aux adieux de la Ballade pour piano de Fauré. Adieu aux sabayons et aux vins millésimés. Le poing de papa retombe sur la table et sur la terre, une dernière fois, lourdement. Il impose le silence. Nous avons donc joué avec lui à qui perd sauve, le seul jeu qu'il n'y ait dans aucune boîte de jeux de société. Adieu au ponton qui voulait enjamber le bras mort et rejoindre l'île interdite. « Ce soir, petit frère, on va traverser à la nage, ni vu ni connu, et on arrachera tous les pièges à lapins et à poules d'eau que le père Justin a posés ce matin. Et puis, on abattra les pancartes propriété privée. Une île, ça n'appartient pas aux hommes, mais au fleuve. Nous allons rendre l'île au fleuve et avec un peu de chance elle s'en ira pendant la nuit, comme un navire, avec ses arbres, ses prés, ses lapins et des poules d'eau. Ce sera notre Arche de Noé. » Adieu, Rivier. On t'a vendu. Un autre spectacle t'attend. Avec d'autres Dauzan. Pour d'autres générations de rêves en pantoufles.

« Et la table, Pierre, tu oublies la table, remarque Françoise. — Je te la laisse, petite sœur, je l'ai là. » Pierre pointe du doigt son cœur. « D'ailleurs, précise Pierre, j'emporte tout, là. Pas besoin de camions. — Mais si, j'y tiens, murmure Mme Dauzan, va la chercher quand même, pour moi. »

Pierre redescend l'escalier en courant. Régis le suit. « On vous attendra à l'entrée de l'église. » Bruits de portières de voitures. Cris d'enfants. « Pousse-toi. — Ce que tu es grosse ! — Gros toi-même. » Autre cortège. La voiture de M. Dauzan d'abord, conduite par Joseph. M. Dauzan a pris place à l'avant, Denise, Heidi et le bébé derrière. Puis la voiture de Xavier et de Françoise. Enfants bruns. Sagement assis sur la banquette arrière. « Qu'est-ce que vous faisiez dans le parc ? » Pas de réponse. La voiture de Sylvie enfin, Sylvie au volant, Gérard à ses côtés et derrière eux Mme Dauzan et trois enfants blonds. « Régis exagère, il est tout le temps avec Oncle Pierre et pas nous. » Le soleil perce les nuages. « Antoine va pouvoir nous filmer, murmure Mme Dauzan. C'est curieux, je ne vois jamais les films qu'il fait, et toi, Sylvie ? »

Pierre soulève la table à deux mains. « Elle est laide, mais elle est belle », dit Régis en regardant Pierre de manière complice. Pierre repose la table, pince la joue de Régis. « Pourquoi dis-tu des choses comme ça, *c'est faux mais c'est beau, elle est laide mais elle est belle.* Dis-moi ? — Je m'entraîne à dire ce que l'on n'attend pas que je dise. — Pourquoi, Régis ? — Pour ressembler à quelqu'un d'autre que moi. — Qui d'autre ? — Celui que je ne suis pas. — Et tu as du mal ? — Oui, mais pour l'instant, ça ne fait que commencer. » Silence. Pierre serre Régis contre lui. « Qui t'a appris à être comme ça ? — Et toi, qui t'a appris à être comme tu es ? » Sourires. Ils transportent la table, traversent le salon, puis l'entrée. « Tu m'inviteras dans ta classe, un jour, Oncle Pierre ? — Appelle-moi Pierre, c'est plus simple. » Pierre referme la porte de la maison. « Que crains-tu ? remarque Régis. — Tante Françoise a dit que personne n'entrerait. » Silence. Ils descendent du perron, gravissent l'escalier. « Tante Françoise, elle, je l'appellerai toujours Tante Françoise. — Tiens donc, et pourquoi ? » Régis sourit. « C'est une conne. »

46

DONATION Dauzan. La restauration des portes de l'église. Adam et Eve. Le soleil et la lune. Caïn et Abel. La famille prend place devant les portes sculptées. Denise prend le bébé dans ses bras. Joseph propose à M. Dauzan de filmer la scène, comme d'habitude. « Ah ! non, Joseph, vous êtes à l'honneur aujourd'hui. C'est Pierre qui nous filmera. Pierre ? — Le voilà, Papi. »

La table est sur la banquette arrière de la voiture. Pierre stationne le long du Monument aux morts. Sur le socle, 14-18, 39-45, Indochine. Des listes de noms. Lauvray Robert, Pêché Marcel, Lestienne Raymond... et des dates. Sous la mention Algérie, un seul nom, Dauzan Jacques. Et tout autour du monument, des fleurs en plastique, une barrière toute rouillée. Le cœur de Pierre fait un dernier tour de manège. Rengaine. Adieu, village, adieu Silvacane et les cheminées de fées, adieu, sorties d'église, brassard de famille. Adieu, Jacques, un nom gravé dans de la pierre. Et cette gravure n'est même plus comme une blessure.

Toutes les guerres se ressemblent. La couleur des inscriptions est désormais uniforme. Mais que s'est-il passé derrière chacun de ces noms ?

Pierre prend en main la caméra. « Tu appuies ici, tu regardes là. Tu ne bouges pas. Et tu filmes une longue séquence, s'il te plaît. » M. Dauzan rejoint le groupe de famille. Il place Joseph près de Mme Dauzan et se tient tout près de Denise. M. le Curé sort du presbytère, regarde sa montre, puis la scène. Il ne bouge pas. « Régis, viens avec nous. — Non, je reste avec Pierre. » Régis fait semblant de bouder. Il tourne autour de Pierre, les mains dans les poches. Il hausse les épaules. « Je suis mieux là », dit-il.

Pierre filme. Soleil pâle. Sourires figés. Les enfants se pincent, se donnent des coups de coude. Stéphane tire la langue. Blandine montre du bout des lèvres la dragée qu'elle est en train de sucer. Puis elle la croque. M. Dauzan se penche sur le bébé, lui montre l'objectif. Mme Dauzan prend le bras de Joseph. Sylvie regarde Gérard. Françoise ordonne à ses enfants de ne plus bouger. Xavier fait un signe courtois à M. le Curé. Portrait de famille. Longue séquence. Pierre ne bouge pas. La caméra fait un bruit continu, mécanique. Pierre filme. Un sentiment étrange l'envahit. Le Monument aux morts, derrière lui, le monument aux vivants, devant lui... Fin de séquence !

Xavier va droit vers Régis et lui tire l'oreille. « Tu n'as pas compris qu'il fallait venir. Pour une fois que nous sommes tous ensemble. » Régis le regarde durement. « Aïe, *vous* me faites mal ! » Xavier rit. « Tu me vouvoies, maintenant ? — Je fais comme tout le monde, Oncle Xavier, et puis Pierre n'était pas avec vous, lui aussi... » Pierre rend la caméra à Joseph, qui la range précautionneusement. Xavier essaie de croiser le regard de Pierre.

Autre liturgie, plus de soutane, un air bonhomme, comme tout le monde, le curé sort des clefs de son anorak noir. Il ouvre la porte latérale de l'église. « On nous vole tout, vous savez, dit-il à M. Dauzan, je suis obligé de fermer tout le temps. »

L'église est froide et vide. Abandonnée. Jacques ne sert plus la messe. Jacques n'est plus là, plus d'apparat. C'était si bon de s'amuser à faire semblant d'avoir la foi. Et la Messe des anges, c'était beau, la Messe des anges. On ne comprenait rien, mais on chantait. Et en ce temps-là, Denise avait de la voix. Et quelle voix ! Parfois même, on n'entendait plus qu'elle. Les parents au Banc d'Honneur, et Denise près de l'harmonium. La sœur de l'ancien curé jouait lentement, trop lentement, et l'harmonium geignait, soupirait. Seule, Denise avait assez de souffle pour faire durer les notes, pour que tout ait l'air parfait. C'était un beau spectacle. Sous son surplis et sa robe d'enfant de chœur, Pierre sentait sa peau le démanger. Les égratignures des buissons de Silvacane. Autre fête, autre lieu. Fin de spectacles. L'église est froide. Un tombeau. Un caveau.

Pierre se tient à l'écart de tous. Régis se tient légèrement à l'écart de Pierre. Le curé distribue des missels. « Et je veux tous vous entendre dire les réponses », dit-il aux enfants.

Joseph retire le couvercle d'étain des fonts baptismaux.

« Quels prénoms avez-vous choisis ? — Xavier-Denis-Joseph », répond Françoise. Mme Dauzan regarde Pierre et Régis. Elle leur sourit. « Xavier, nous t'accueillons dans la maison du Seigneur... » La voix du curé est monocorde. « Je veux d'abord vous expliquer ce que cette robe blanche signifie... » Mme Dauzan s'approche de Pierre, pose une main sur l'épaule de Régis, de l'autre prend le bras de son fils et se serre contre lui. « Le parrain à droite et la marraine à gauche, s'il vous plaît... » Stéphane a mal au cœur. Blandine veut faire pipi. « Chuttt ! » Xavier sort avec ses enfants. Pierre regarde le vitrail qui orne l'extrémité de la nef. Soleil couchant. François Ier a toujours le nez aussi rouge. Le poivrot ! Instinctivement, il se mord les lèvres comme s'il allait pouffer de rire. Comme autrefois.

Comme autrefois.

« Xavier-Denis-Joseph, par ces gestes et par ces mots nous renonçons à Satan, pour toi... » L'eau. Le sel. « Vous répétez tous ensemble, nous renonçons tous à Satan pour toi... » Un désordre de voix de grands et de voix d'enfants. Pierre n'a rien dit. Régis a fait comme lui. Mme Dauzan n'a fait que remuer les lèvres.

47

SIGNATURE du registre, à la sacristie. « Vous savez, dit le curé, nous ne sonnons plus les cloches pour les baptêmes, mais si vous le désirez... » M. Dauzan le remercie et lui remet une enveloppe. « Je vais vous montrer comment il faut faire. — Non, non, ne vous dérangez pas, mon fils Pierre doit se le rappeler.

Deux très longues cordes pendent de la voûte, à la hauteur du transept. Pierre en prend une, Régis l'autre. Pierre montre à Régis comment il faut tirer, posément, en gardant les pieds bien au sol, laisser glisser la corde dans les mains quand elle remonte, la saisir au bon moment quand elle redescend, tirer dessus légèrement, attendre que le mouvement s'amplifie, et ainsi de suite. « Mais attention, lâche-la juste au moment où elle remonte, sinon tu vas te retrouver dans le clocher. » Combien de fois, ainsi, face à face, de chaque côté de la nef, près des bancs réservés aux enfants de chœur, sous la chaire, Jacques et Pierre ont-ils pu sonner le glas ou le carillon, annoncer discrètement de douze coups la messe du matin ou la grand-messe du dimanche à toute volée. « C'est trop dur », dit Régis. Pierre le remplace, va d'une corde à l'autre. Dongg, dongg. Un glas d'abord. « Plus fort, tu vois, Régis, il faut maintenant tirer de tout son poids. » Une corde, puis l'autre. Va-et-vient. Aux sons lents et graves succèdent des sons plus brefs qui deviennent désordonnés. Un fracas de sons joyeux. Régis, les mains dans le dos, regarde Pierre. « Pourtant..., dit Pierre, quand j'avais ton âge... » corde de droite « j'étais un champion... » corde de gauche « et Jacques aussi... » corde de droite « parfois... » corde de gauche « nous montions même dans le clocher... » corde de droite « pour caresser les cloches... » Pierre se frotte les mains. « Nous les aimions, tu entends, Régis. Tu vas peut-être me dire *c'est fou mais c'est beau !* » Régis hausse les épaules. Pierre croise les bras. « Ça suffit ! » Les cloches sonnent de plus en plus lentement. Dongg, dongg... Un glas qui n'en finit pas. « Qui c'était, Jacques ? » demande Régis.

La famille Dauzan est sortie. Le curé attend, les clefs à la main. Pierre remet en place les cordes, les suspend aux crochets des piliers du transept. Il prend Régis par la main. « C'était un ami, un vrai... » Ils sortent de l'église. Le curé referme la porte. Met l'enveloppe dans la poche intérieure de son anorak.

M. Dauzan filme au hasard le petit Xavier dans les bras de sa marraine, puis dans les bras de son parrain. « Où est Mamie ? — Dans la voiture. — Déjà ? Dis-lui de venir, je veux encore vous filmer. » Martine et Hélène reviennent en criant « Mamie dit qu'elle veut rentrer tout de suite ! »

Mme Dauzan a pris place dans la voiture de son mari. A l'avant. Elle baisse la vitre. Pierre se penche vers elle et l'embrasse. « A bientôt, maman. — Tu viendras me voir ? » Pierre sourit. C'est tout. Puis il prend les mains de sa mère, et les embrasse. « Va-t'en vite, Sarah t'attend ! » Pierre recule, envoie un baiser à sa mère du bout des doigts. Simple tendresse. « Et n'oubliez pas de m'envoyer une carte postale. »

Pierre salue Xavier, embrasse Françoise. « Viens nous voir plus souvent, téléphone-nous puisque tu n'as pas le téléphone. Promis ? » Pierre sourit.

Puis c'est au tour de Sylvie. « Je ne te dis pas de venir nous voir, tu ne viendras pas. Mais si tu viens Régis sera là, et ça lui fera plaisir. » Pierre serre Sylvie dans ses bras. Et il lui murmure à l'oreille « T'en fais pas, petite sœur, il y aura toujours des roses au fond du jardin. — Pourquoi me dis-tu ça ? — Je t'expliquerai. »

Salut, Gérard. Salut, les gosses. « Comment t'appelles-tu, toi, déjà, Carabosse ? Et toi, Gros-Minet ? — Arrête, t'es bête ! » M. Dauzan se tient à l'écart. Il ne filme plus. Il fait signe à Pierre de venir vers lui. « Tu es sûr que tu n'as besoin de rien ? demande-t-il à Pierre. Cette voiture te plaît ? Profites-en. Et tu sais, si tu veux que je t'en achète une... — Je sais, papa. » Silence. Pierre embrasse son père. « Tu ne m'auras donc rien dit au sujet de ta mère. — Je n'avais rien à te dire. Nous sommes tous malades d'amour, papa. Et de tendresse. Et le seul grand docteur, c'est toi. Seulement voilà... » Pierre sourit. « C'est raté ? C'est raté ! Offre-toi... un jour de bonheur, puis deux, puis trois. C'est le plus beau cadeau que tu nous feras. — Reste avec nous, Pierre, encore un peu. — Sarah m'attend. — Va la chercher, reviens avec elle, restons ensemble encore un moment. Nous serons tous réunis. Je te promets que... — Non, papa, non. » Pierre serre très fort les mains de son père. Les lâche. Se tourne vers tout le monde et dit mécaniquement : « A bientôt. »

Mme Dauzan a remonté la vitre. Joseph a pris place à côté d'elle. Il a mis le moteur en route. Elle cache son visage. Les enfants de Françoise veulent monter dans la voiture de Sylvie. « Non, vous restez avec nous ! » M. Dauzan ne bouge pas. Il reste seul, sur le parvis de l'église, face au Monument aux morts. Il fait un dernier signe à Pierre qui entre dans sa voiture. Pierre y retrouve Régis, les bras croisés sur le tableau de bord, la tête sur les mains, le regard en coin. Il fait un clin d'œil à Pierre. « Eh bien, Régis, je crois que c'est le moment de retourner avec tes parents. — Non, tu me raccompagnes, c'est ton chemin, dit Régis avec assurance. — Bon... » Moteur. Marche arrière. M. Dauzan fait un dernier signe de la main. Pierre le regarde dans le rétroviseur. Il regrette tout. Il ne regrette rien.

Un virage, puis la ligne droite. La route de Vernon. Pierre roule lentement. Régis n'a pas changé de position. Il le regarde. Il se met à siffloter. « Tu vois, j'y arrive, je sais déjà faire tout ce que tu sais faire. » Pierre s'arrête devant le portail du Rivier, embrasse Régis sur le front. « Mais tu pleures, Oncle Pierre ! — Tu vois, je fais des choses que tu ne sais pas encore faire. »

Régis descend de la voiture, ferme la portière, fait un dernier clin d'œil. Pierre baisse la vitre. « Et puis, je te l'ai dit, ne m'appelle plus Oncle Pierre, mais Pierre tout court. Nous sommes amis, oui ou non ? — Oui. — Alors, promis ? — Promis ! »

Pierre détourne la tête. Pierre part sans regarder le Rivier. Il a simplement vu dans le rétroviseur un petit garçon qui lui faisait un signe de la main. Un signe.

Puis il a regardé la route, rien que la route. Il avait peur d'entrevoir le fleuve à gauche, les collines à droite, les arbres et le vent dans les arbres, même les fossés dans lesquels Jacques et lui cachaient leurs bicyclettes quand ils allaient cueillir des mûres noires ou voler des cerises. Crispé, courbé sur le volant, il s'essuya les yeux d'un geste sec. Il ne s'aimait pas ainsi. Sarah ne l'aimerait pas ainsi. Et il lui fallait jouer avec elle franc et net comme avec Jacques, à la vie, hors du temps. Sinon, c'est à la vie à la mort. Et on n'en finit jamais d'ensevelir les souvenirs.

Une table sur la banquette arrière d'une voiture de location. Pierre freine brusquement, s'arrête en bordure de la route, sort de la voiture, ouvre une portière arrière et jette la table dans un fossé. Comme les bicyclettes.

Puis il reprend la route. Cinq heures moins dix. Sarah est là. Un jour sans toi. Pierre s'est arrêté au milieu de la place de la Gare. Il s'est mis à sangloter, cassé en deux, brusquement, la tête sur le volant. C'était plus fort que lui. Lentement, Sarah s'est approchée de la voiture, valise à la main. Elle a ouvert la portière, s'est assise près de Pierre en laissant la valise dehors et la portière ouverte. Elle a posé sa tête sur l'épaule de Pierre, et pendant un long moment ils ne se sont rien dit. Puis, très doucement, Sarah a murmuré : « Que s'est-il passé ? » Et Pierre a répondu : « Si je te le racontais, tu ne me croirais pas. »

ŒUVRES D'YVES NAVARRE

Chez le même éditeur :

LADY BLACK.
ÉVOLÈNE.
LES LOUKOUMS.
LE CŒUR QUI COGNE.
KILLER.
LE TEMPS VOULU.
LE JARDIN D'ACCLIMATATION.

Chez Grasset :

NIAGARAK.

Chez Laffont :

LE PETIT GALOPIN DE NOS CORPS.
KURWENAL OU LA PART DES ÊTRES.
JE VIS OU JE M'ATTACHE.
PORTRAIT DE JULIEN DEVANT LA FENÊTRE.

THÉÂTRE

Chez le même éditeur :

THÉÂTRE I (Il pleut, si on tuait papa-maman, Dialogue de sourdes, Freaks Society, Champagne, Les Valises)
THÉÂTRE II (Histoire d'amour, La guerre des piscines, Lucienne de Carpentras, Les dernières clientes)

Composition réalisée par COMPOFAC - PARIS.

IMPRIMÉ EN FRANCE PAR BRODARD ET TAUPIN
7, bd Romain-Rolland - Montrouge - Usine de La Flèche.
LIBRAIRIE GÉNÉRALE FRANÇAISE.

ISBN : 2 - 253 - 02493 - 7 30/5413/7